魔幻偵探所

16

遭遇半獸怪

關景峰　著

新雅文化事業有限公司
www.sunya.com.hk

U0099758

魔幻偵探所
人物介紹

南森

身分：魔幻偵探所創辦人、領頭羊

年齡：120歲

畢業學校：斯塔福德學院（伏魔系）

學位：博士

捉妖經驗：108年，獲得「捉妖能手」、「怪獸剋星」等稱號

性格：遇事鎮定、善於思考，生氣時聽到幾句好話氣就消了

最具殺傷力的武器：
顯形粉、細妖繩、無影鋼鐵牆

海倫

身分：魔幻偵探所成員，南森的得力助手

年齡：13歲

畢業學校：劍橋大學（法術系）

學位：學士

捉妖經驗：1年

性格：開朗、逢事觀察細緻，吵架時總讓着本傑明

最具殺傷力的武器：細妖繩、凝固氣流彈

倫敦貝克街1號有一家 **魔幻偵探所**，
成員們精通魔法，法術高明，在一系列緊張
而又富於冒險性的偵探過程中，他們並肩作戰，
成功偵破了一宗又一宗錯綜複雜、
動人心魄的魔怪案件。

本傑明

身分：魔幻偵探所實習生

年齡：11 歲

就讀學校：牛津大學（捉妖系）

捉妖經驗： 3 個月

性格：聰明淘氣、遇事毛躁

最厲害的戰術：非常規戰術

保羅

身分：魔幻偵探所機械狗

年齡：100 歲

工作能力：無所不知的電腦資料
庫，善於用百分比分析事物

性格：異想天開、調皮、懶惰

最喜歡的食物：潤滑油

最具殺傷力的武器：追妖導彈

綑妖繩

能夠對準魔怪迅速旋轉收縮，將它綑緊綁實，繩子一旦落到魔怪身上，就像嵌入肉裏，魔怪越掙脫綁得越緊，當然放繩子時可要放得準才行。

無影鋼鐵牆

這堵牆其實就是氣流，它把氣流變成了無影無形的鋼鐵牆壁，能將敵人困在其中，衝不出去。

顯形粉

這是一種非常神奇的粉末，即使魔怪偽裝、隱形了也完全能顯現出它的原形。對了，「顯形」就是「現出原形」的意思！

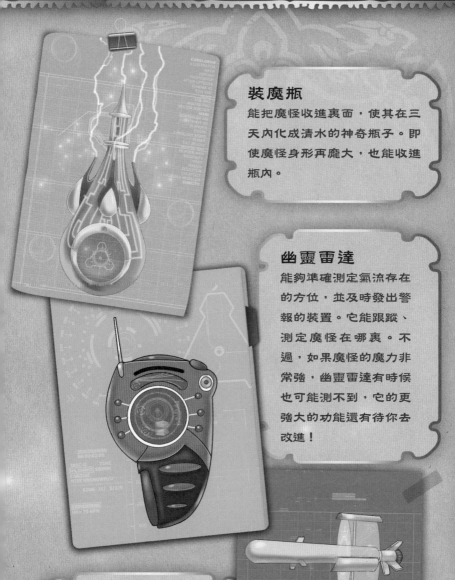

裝魔瓶

能把魔怪收進裏面，使其在三天內化成清水的神奇瓶子。即使魔怪身形再龐大，也能收進瓶內。

幽靈雷達

能夠準確測定氣流存在的方位，並及時發出警報的裝置。它能跟蹤、測定魔怪在哪裏。不過，如果魔怪的魔力非常強，幽靈雷達有時候也可能測不到，它的更強大的功能還有待你去改進！

追妖導彈

能夠自動尋找魔怪，進行智能追蹤的導彈，這種導彈威力比較大，一般魔怪根本抵抗不了。

魔幻偵探開始行動！

目錄

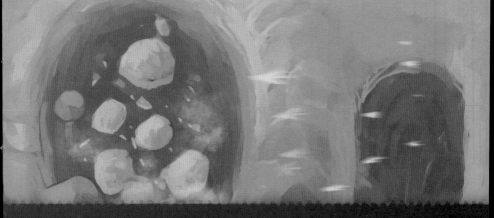

第一章　海倫的叔叔

「喬治，拉我一把。」尼爾森把手伸向一個站在山坡上的人，那人戴着工程頭盔。

「當心點，這裏有些陡呢。」叫喬治的人伸出手，「尼爾森，你的腳好些了吧。」

「沒事，稍微扭了一下，現在好多了。」尼爾森說着一用力，也爬上了山坡。

說話的兩個人都是一家勘測公司的年青勘測員，他們爬上的小山下面要開鑿一條隧道，所以要進行前期的勘測工作。要開鑿隧道的小山確切地說是一座丘陵，這座丘陵不到三百米高，地處英國西南部康沃爾郡雷德魯斯地區。

丘陵林木茂盛，兩人爬了一百多米後，坡度變緩，這個地區可以用地廣人稀來形容，山上更是沒有任何住戶，只有不斷傳來的鳥鳴聲。

「喬治，休息一下吧。」尼爾森說道，他是一個大個子。他放下了大背包，裏面有一些勘測儀器，相當重呢。

「好的。」喬治說着找了一塊石頭坐下，他忽然笑了笑，「嗨，尼爾森，聽說過那個笑話嗎？英國和法國決定

開挖一條連接兩國的海底隧道，為了節省工期，兩國一起施工，英國從西向東挖，法國從東向西挖，最後他們卻有了兩條隧道……」

「哈哈哈哈……」尼爾森被逗得大笑起來，伴隨着山間的鳥鳴聲。

休息了一會，兩人繼續向山頂進發。

距離山頂還有幾十米的時候，喬治在一片空地上的一塊大石頭旁停下腳步，他從背包裏拿出來一個小錘子，然後敲了敲那塊石頭。

「典型的花崗岩結構。」喬治説着看看尼爾森，他指指地面，「垂直開挖的地點我覺得選在這裏比較合適，施工計劃是説從山頂垂直開挖到山底後，施工隊分成兩組，分別向兩個方向掘進，最後和山兩邊相對掘進的施工隊會合。」

「嗯，工期會大大縮短呀。」尼爾森點着頭説，「開鑿花崗岩確實很費力，但按照施工計劃，四支施工隊一起開挖，速度會提高很多……不過，希望最後不要出現好幾條隧道……」

「哈哈哈哈……」這次是喬治大笑起來。

「嗨，我説，別笑了。」尼爾森突然打斷喬治，他指着不遠處的一處樹叢，「你看那邊，樹叢後面好像有個山

洞呢。」

喬治止住笑聲，他看看尼爾森，隨後向那邊走去。

「要是那是一個向下延伸的山洞，沿着山洞開挖又能節省不少工期呢。」

尼爾森也跟了上去，他們來到樹叢前，穿過樹叢，前面果然有一個山洞，洞口有兩米高，寬一米多，裏面黑乎乎的，什麼都看不見。

「進去看看。」尼爾森説着拿出手電筒，他有些興奮。

喬治也掏出手電筒，跟在尼爾森的身後，兩束強燈射進山洞，裏面頓時亮了起來，看上去山洞比較深。

「小心點。」喬治對前面的尼爾森説道。

尼爾森答應一聲，借着手電筒的照射向裏面走去。這個山洞入口處還算平坦，不過走了不到十米，經過一個轉彎，坡度陡然向下。

兩人小心翼翼地沿着洞裏的坡道下行，又走了幾米，他們發現山洞忽然變得很大，足有幾間房子那麼大，四、五米高，喬治用手電筒四下照着，發現這裏是一個自然形成的山洞，由於這座山及附近長年無人居住，他倆從來不知道這裏還有一個山洞。

「前面好像還有路呢。」尼爾森也用手電筒照着四

周，他的手電筒照到面前的一處洞壁，那裏有一個黑黑的洞口，「要是一直延伸到山底，那就可以直接下去開挖隧道了。」

「嗯，那倒是不錯……」

喬治說着也把手電筒照到了尼爾森照射的地方，忽然，他感覺有什麼東西閃過，喬治的手電筒不由自主地照了過去。

「啊——」喬治突然大喊一聲，差點摔倒在地。

「怎麼了？」尼爾森連忙也照過去，「啊——」

尼爾森照到了一個頭，確切地說是一個牛頭，牛頭上兩隻紅紅的大眼睛直直地瞪着自己，尼爾森倒退兩步，他發現牛頭下面是一個人類的身體——他從來沒有見過這樣的怪物。

「喬治，快跑——」尼爾森大喊一聲，說着猛推喬治一把。

喬治聽到尼爾森的喊聲，慌慌張張地向洞口跑去，尼爾森跟在喬治後面。他倆來不及用手電筒照路，摸黑沿着進來的方向逃跑，他倆的身後，傳來那怪物低沉的吼聲，隨後「呼」的一聲，一股烈焰噴了過來。

「啊——啊——」烈焰追着他們兩人，尼爾森的後背被火焰燒到，他痛得一邊大叫，一邊用手拍打後背。

火焰噴向他們的同時，也為他們照亮了前面的道路，兩人借着亮光狼狽地跑出山洞……

三天後的倫敦貝克街，海倫早早地就等在魔幻偵探所門前的街上，她一直向路的西面張望着。海倫的叔叔——尼爾森今天要來魔幻偵探所，原因是他和同事喬治三天前遭到了魔怪的襲擊。尼爾森是海倫最小的叔叔，比她大十多歲，以前經常帶着小海倫玩。海倫已經好幾年沒有見過這個叔叔了。

「來了嗎？」本傑明把身子探出窗外，問道。

「沒有呀，説是九點到，現在都過了十分鐘。」海倫看着手錶，焦急地説。

「可能是半路上又遇上魔怪了。」本傑明嘻嘻哈哈地説。

「本傑明！」海倫瞪着本傑明，「你的叔叔才遇上魔怪呢！」

「什麼？本傑明的叔叔遇上妖怪了？」保羅説着，頭探出了偵探所的窗外，「你們兩個的叔叔都遇到魔怪？這真是太巧了……」

「保羅，看你的電視去！」海倫氣呼呼地説。

正在這時，一輛小汽車開了過來，隨後停在街邊。

「啊，海倫，你叔叔他們來了。」本傑明指着汽車喊道。

「是嗎？就是那位屁股着火的人……」保羅好奇地向本傑明指着的方向望去。

海倫沒有理睬他們，徑直向那輛小汽車跑去。那輛汽車停好後，走下來兩個年輕人，他們正是尼爾森和喬治。

「叔叔——」海倫看到尼爾森，很高興。

「噢，我親愛的侄女。」尼爾森馬上走過去，他擁抱了海倫，然後拍拍她的頭頂，「又長高了。」

「叔叔，你還好吧？」海倫急切地問。

「還好，我沒事。」尼爾森説着拉喬治過來，「這是我的同事喬治，他那天也看到了那個魔怪……」

「你好。」海倫和喬治握了握手。

「噢，海倫小姐，我那天也看到了那個魔怪，他確實是個怪物，千真萬確，當時的情況你沒有看到，我是説你不在場……」喬治苦笑起來，「噢，請原諒我的語無倫次，自從那天之後，我一直這樣，我以前不是這樣的……」

「我理解。」海倫馬上安慰道，「那麼我們進屋吧，博士在等着我們呢。」

三個人説着走進了魔幻偵探所，博士已站在客廳等

待，本傑明和保羅早就通知他訪客到了。

「你好。」博士看到他們進來，連忙伸出手。

「你好。」喬治也伸出手，不過他沒有和博士握手，而是走向本傑明，「南森博士，久仰大名，我叫喬治……」

「我不是博士，我是本傑明。」本傑明立即說。

「噢，我正奇怪怎麼會這樣年輕呀。」喬治有些尷尬，他看看博士，「啊，你一定是南森博士，不好意思，自從遇上那個魔怪後，我一直精神恍惚，我確實遇到了魔怪，我……」

「好的，我知道。」博士先讓喬治坐到沙發上，之後看了看尼爾森，笑了笑，「你一定是尼爾森先生。」

「你好，我是尼爾森。」尼爾森和博士握握手，「感謝你這些年對我侄女的培養和照顧。」

「你太客氣了。」博士笑着說，「海倫這些年可幫了我不少忙呀，要感謝的是我。」

「博士，看來這次你要幫我的忙了，我們遇到一個魔怪，非常可怕的魔怪……」尼爾森的語速變得急促起來。

「不要着急，慢慢說。」博士請尼爾森坐到沙發上。海倫早就給他們準備好了熱茶。

保羅和本傑明在一邊看着進來的兩個人，尼爾森很正

常，那個喬治看上去確實有些受到強烈刺激後的不良反應症狀，他坐在沙發上，手不由自主地抖動着。

「嗨，看看那個喬治。」保羅小聲對本傑明説，「居然把你看成博士，幸好他沒把我看成一隻貓。」

「嗨，博士。」喬治在沙發上忽然叫起來，他指着保羅，「這就是你們偵探所那隻著名的貓吧？機器構造的……」

「我……」保羅差點暈倒，本傑明在一邊大笑起來。

「你們兩個！」海倫指着本傑明和保羅，「坐過來，要敍述案情了，保羅，注意記錄。」

「知道了。」本傑明晃晃腦袋，「管家婆！」

博士已經坐在到訪者的對面，他對尼爾森點點頭，示意他可以開始了。

「博士，情況是這樣的。」尼爾森稍微穩定了一下情緒，開始介紹，「我和喬治都在一家勘測公司工作，上個月我們接到一項任務，就是對一條即將開挖隧道的山體進行勘測，找到適合開挖的地點……」

「我們兩個就去了，只有我們兩個……」喬治突然接過話，他有些緊張，「要是知道遇上魔怪，我們會派很多人去，或者乾脆就不去……」

「喬治，」尼爾森搖搖手，「我來講，你放輕鬆些，

沒關係的，我們現在已經到了魔幻偵探所，那個傢伙不會再跳出來了。」

喬治眨眨眼睛，隨後點點頭，尼爾森對博士抱歉地一笑，博士也笑了笑。

「按照施工要求，要從山頂垂直開挖一條到底的通道，這樣施工隊進去後從山的中心挖掘，可以加快進度，所以我們就到山頂去勘測。」尼爾森繼續開始講述，「我們到了山頂，發現了一個山洞，就走進了山洞，那個山洞裏面的空間很大，我們進去後用手電筒照明，結果……喬治的手電筒照到了一個魔怪的臉……」

尼爾森也有些緊張，他站了起來，語速也放緩了，他看看喬治，喬治低着頭，似乎不願意回憶那場遭遇。

「你繼續，可以描述一下魔怪的相貌。」博士小聲地提醒。

「牛的頭，人的身體。」尼爾森說着和喬治互相看看，「身材比我還要高，它有人類的四肢，還穿着衣服，不過沒穿鞋，它露在外面的皮膚都是毛……」

「它穿着衣服？」本傑明好奇地插話，「什麼衣服？外套？運動衫？」

「不是。」尼爾森搖搖頭，「就像是古代農夫的穿着，我也沒太注意，只顧看它的臉。」

17

「我也是，只顧看它的臉。」喬治小聲地說，「牛的模樣，樣子很兇，兩隻眼睛通紅，它瞪着我，我嚇死了，差點摔倒，然後我就跑了。」

「能不能回憶一下它的其他特徵？」博士問道。

「好像……」尼爾森搖搖頭，「沒有，我當時很緊張，以為它會撲上來吃了我們。」

「它好像確實追上來了。」喬治小聲地補充，「還噴火呢。」

「對，我和喬治調頭就跑，它好像追了兩步，然後對着我們噴火，我的後背都被燒着了，還好傷勢不重，我想一定是我們跑得快，要是慢一點一定被它燒死了。」

「嗯。」博士點點頭，「那麼……它沒有追出來？」

「沒有。」尼爾森說，「還好沒追出來，否則我們一定跑不過它。我跑出山洞後襯衫和褲子都着火了，我就在地上打滾，喬治沒有被燒到，他幫我滅了火，然後我倆爬起來跑下了山。」

「沒有追出來……」博士若有所思地看着窗外，他注意到大家都看着自己，馬上揮揮手，「噢，尼爾森先生，你繼續說。」

「我都說完了，噢，不，我們在山洞的事說完了。」尼爾森不好意思地笑笑，「我們跑下山，馬上去報警，警

察去了那個山洞，結果什麼都沒發現……」

「對，什麼都沒有發現。」喬治突然搶過話。

「警方因此覺得可能是有人搞惡作劇。」尼爾森説，「一些同事也嘲笑我倆，説我們自己嚇唬自己。」

「但你身上真的着火了呀。」博士馬上説。

「有些山洞會聚集一些沼氣之類的易燃氣體，有的同事因此認為是我們抽煙引燃了沼氣。」尼爾森苦笑起來，「怎麼解釋也沒用，其實這麼低級的錯誤我們是不會犯的。再説我們帶有儀器，如果山洞裏有沼氣，儀器會發出警報。」

尼爾森説的話和他來之前打電話時説的一致，沒有什麼新的內容。博士簡單地記下了幾個要點。

房間裏暫時陷入了沉寂，本傑明和保羅互相看看，昨天尼爾森打電話來的時候，本傑明和保羅對尼爾森的描述有些懷疑，現在尼爾森和喬治堅持説自己看到了魔怪，他倆開始有些相信尼爾森的描述了。

「博士，同事們都不相信我們看到的是魔怪，警方也懷疑是惡作劇，可是我們遇到的真的是魔怪。」尼爾森看博士半天沒説話，打破了沉寂，「我們那裏也有魔法師聯合會，但我怕人家不相信我們的話，正好海倫在你這裏工作，因此我們昨天就打來電話，非常想得到你的幫

助……」

「你憑什麼認為那不是惡作劇而是魔怪所為呢？」博士突然打斷尼爾森。

「嗯……」尼爾森愣了一下，「那裏方圓十幾公里都無人居住，誰會跑到山洞裏去？還有那火焰，絕對是它噴射出來的。」

「海倫，我們一會就收拾東西，去康沃爾郡。」博士點點頭，隨後看看海倫。

第二章　來到康沃爾郡

「啊！博士，這麼説你相信我們？」尼爾森和喬治都激動地站了起來。

「相信你們。」博士又點點頭，「確實不像惡作劇，如果是惡作劇，用火噴你們可就太過分了，而且……這不是最關鍵的，根據你們的描述，你們看見的牛頭人身怪物，這是一種半人半獸怪，這種魔怪在古代極為少見，到了現在就更難遇到了，沒見過這種魔怪的普通人，很難描述得和魔法書上介紹的如此相符。」

「唉！罕見的魔怪都給我們碰上了。」喬治苦笑起來，「我們倒是『中獎』了呢。」

「看起來是這樣。」博士笑笑，説着站了起來，「你們兩位先坐一會，我還要查一些相關資料，然後我們一起去那個魔怪出現的地方，噢，對了，那座山叫什麼山？」

「一座無名小山，在雷德魯斯西南八公里處。」尼爾森説，「只是在地圖上標注為H15，這樣的小山在那個地區太多了。」

「現在它叫尼爾森山。」博士笑着對尼爾森説，「不

21

介意用你的名字命名吧？」

「沒問題。」尼爾森也笑了笑。

「用我的名字命名也可以。」本傑明在一邊揮着手說，「本傑明山，多好聽，或者加上我們學校的名稱，牛津大學本傑明山……」

「噢，你遲了。」海倫用嘲笑的口吻說，「那裏已經叫尼爾森山了，不過可以用你的名字給那魔怪命名，牛津大學本傑明怪，說不定載入《魔法史》呢。」

「海倫！」本傑明生氣地叫起來，「你們劍橋的才和魔怪名字連在一起呢……」

「好了好了。」博士看他倆又要吵起來，連忙搖搖手，「我要查資料，你們去收拾東西，一會就要出發了。」

本傑明和海倫被博士推到了各自的房間裏，一場剛開始的爭吵終於平息下去。博士叫過保羅，讓保羅幫助他搜集了一些資料。

博士看着那些資料，隨後向坐在沙發上的尼爾森和喬治招招手，他倆連忙走到博士身邊。

「根據記載，雷德魯斯地區上一次出現半人半獸怪是在兩百多年前，地點和你們遭遇魔怪的地點很接近呢。」博士說。

22

「會不會是同一個魔怪？」尼爾森急忙問。

「有這個可能。」博士緩緩地說，「這種魔怪壽命都在三、四百年以上呀。」

「是同一個傢伙的概率在70%以上。」保羅搖着尾巴說，「這是我最新的統計結果。」

「無論是不是同一個魔怪，最終會查明的。」博士說着站了起來，「我現在去收拾一下，十分鐘後出發。」

不一會，博士收拾好了旅行箱。大家一起出了偵探所，尼爾森和喬治駕車帶路，博士開着自己的老爺車，帶着小助手們跟在後面。

兩輛汽車很快駛出了倫敦，雷德魯斯距離倫敦有三百多公里，行駛了將近四個小時後，他們終於來到了目的地。

到達雷德魯斯後，已經臨近黃昏了，尼爾森建議博士先在雷德魯斯住下，第二天再去現場，博士同意了他的建議。尼爾森把博士他們帶到鎮上的一家旅館後開車走了，他和喬治住在雷德魯斯西面七、八公里處的特魯羅，特魯羅也是康沃爾郡的首府。他們約好第二天早上一起去「尼爾森」山。

到達旅館後，三人辦好了入住手續，海倫和本傑明跑到博士的房間，他倆要出去看凱爾特海，從這裏向北三公

里就是海岸了，博士同意了，囑咐他們快點回來。他倆興沖沖地跑了出去，當然，保羅也跟在後面。

　　本傑明他們走後，博士覺得有點累，稍微休息了一會，快到六點的時候，他醒了，見小助手們還沒回來，便拿起資料看了起來。過了十多分鐘，門外傳來急速的腳步聲。

　　「博士——博士——」本傑明的聲音傳來。

　　「你小聲點，博士也許在休息呢。」海倫在一邊説。

　　「肯定醒了……」

　　「進來吧。」博士快步走到門口，打開房門。

　　「博士，我們看到凱爾特海的日落了，真是壯觀呀。」本傑明一進門就興奮地説。

　　「確實很漂亮。」海倫跟着説，「我們都有點不想回來呢。」

　　「嗨，等抓到那個魔怪，我們可以在海邊找個地方，住上幾天。」保羅建議道。

　　「也許沒有什麼魔怪。」本傑明眉毛一揚，「我的意思是無論是否抓到魔怪，我們都要去那裏住上一段時間。」

　　「你總是想着玩。」海倫一本正經地説，「我們來這裏可是有工作的。」

「哼，剛才去海邊的時候你也很興奮。」本傑明不滿地說了一句。

「好了。」博士笑笑，「海倫說得對，我們是來工作的。」

說完，博士把資料攤放在房間裏的寫字枱上，他把一張康沃爾郡的地圖擺在最上面，用手指了指雷德魯斯所在的位置。

「根據尼爾森的資料，尼爾森山隧道開挖是雷德魯斯到赫爾斯頓公路的一部分，尼爾森山擋在這條道路的中間，工程方決定挖條隧道。」博士指指尼爾森山的位置，「我查過了，這裏到處是丘陵，長年無人居住，非常荒涼，這樣的地貌符合魔怪隱身的需要，而且那裏還有一個山洞。」

「這麼說山洞裏確實藏着一個魔怪。」本傑明看着地圖，小聲地說。

「很有可能，所以我們要做好準備。」博士看看幾個小助手，「你們上學的時候都學過，這種罕見的半人半獸怪是很難對付的。」

「嗯，我是聽說過這種魔怪法力高超，力氣很大。」本傑明說。

「那就讓我來對付這個壞傢伙！」保羅得意地晃晃身

子，「看看是它厲害還是我的導彈厲害。」

「你可不要亂放導彈。」海倫說，「我記得魔法課老師說這種半人半獸怪並不全是壞蛋。」

「沒錯。」博士滿意地望着海倫，「半人半獸怪很少有獨立生活的，它們大都被巫師或魔法師馴養，這種魔怪智力一般，不過非常忠於主人，執行力很強，所以巫師或魔法師都喜歡找這樣的僕人，也可以說是『助手』。為巫師服務的學會了作惡，為魔法師服務的卻都積極從善。」

「海倫叔叔遇到的這個以前一定是為巫師工作的。」本傑明眨眨眼睛，「它用火噴海倫的叔叔，害得他屁股都着火了……」

「本傑明！」海倫的臉都氣得紅了，「我叔叔是後背着火！」

「啊，無所謂啦，反正是着火了。」本傑明嬉笑着，「也許是他不好意思說，我能理解……」

　　「就是。」保羅也笑起來，「屁股冒煙，像是火箭發射，狼狽逃出山洞……」

　　「博士，你看看他們兩個。」海倫更生氣了。

　　「好了好了。」博士連忙示意本傑明和保羅，「尼爾森是受害者，還是海倫的叔叔……」

　　「不說了不說了。」本傑明連忙說，說完低頭看看保羅，他倆一臉壞笑，相互擠擠眼睛。

第三章　絆線

第二天一早，尼爾森和喬治開車來到旅館。海倫和本傑明知道第二天要去找魔怪，都有些興奮，早早就醒了。

早上八點多，兩輛汽車一前一後駛出了雷德魯斯鎮。向南開了四公里，前方一點路都沒有了，尼爾森把車停在一棵樹下，隨後下了車，博士停好車，大家也都走了下來。

「還有不到一半的路程，我們只能走過去了。」尼爾森指着前方說道。

「那你們帶路吧。」博士順着尼爾森手指的方向看了看。

大家一起向前走去。這裏完全是一片荒野的景象，一些低矮的丘陵起起伏伏，丘陵大都被野草所覆蓋，往遠處望去，到處是一片片沒有連在一起的樹叢。

「撲棱棱——」幾隻小鳥突然從草叢裏飛起，嚇了本傑明一跳。

大家都沒有說話，繼續向前走。微風吹過草叢，草叢

29

有節奏地搖擺着，像是在歡迎他們的光臨。

博士一邊走一邊觀察着地形，他感覺地勢在慢慢地抬高。又向前走了幾百米，前方出現了一些相連的小山丘。

「就是那座山。」喬治看見了尼爾森山，有些激動地指着那裏，叫了起來。

前方不到兩公里處，尼爾森山豎立在那裏，它比周圍的山要稍微高一些，山頭鬱鬱葱葱的被樹木覆蓋着。

大家加快了腳步，很快就來到尼爾森山的腳下。博士看到尼爾森和喬治都不經意地露出恐懼的表情，於是對他們說道：

「你們兩個就在山下等着我們，我們上去看看。」接着博士掏出手機，看了看，「好，手機還算有點信號，有事可以電話聯繫。」

「你們要小心。」喬治很緊張地說，「要是打不過那傢伙，馬上跑下來。」

「打不過它？」保羅說着和本傑明對視一下，隨後小聲地說，「哼，還沒有哪個魔怪我們打不過呢。」

「放心吧。」博士微微一笑，對喬治點點頭。

「海倫，你要當心。」尼爾森不放心地叮囑侄女，隨後他指指山上，「從這裏一直向上，快到山頂的時候有塊空地，那裏有塊大石頭，山洞就在石頭的右側，山洞前有

幾棵樹。」

海倫對叔叔笑笑，並拿出了幽靈雷達。保羅已經對着山上發射魔怪反應的探測信號，不過沒有發現任何魔怪的跡象。

博士帶着小助手開始上山，一開始山體稍有些陡峭，爬了一百多米後坡度變緩了，這座山上到處都是樹，比較好攀登，他們一邊爬山一邊用幽靈雷達警惕地搜索着身邊。距離山頂越來越近了，他們不免也緊張起來。很快，他們來到了距離山頂很近的那片空地，博士一眼就看到了那塊大石頭，大家向大石頭的右側走去，樹叢後隱約露出了一個山洞的洞口。

「應該就是這個山洞。」博士揮揮手，示意大家停步，魔法偵探們都在山洞前十幾米的地方停下來。

山洞張着黑暗暗的大嘴，像是要把他們幾個吞吃下去一樣。

「博士，裏面沒有魔怪反應。」保羅向山洞裏發射了探測信號，隨後把結果告訴了博士。

「好，我們進去看看。」博士說着一揮手，「保羅，我們走在前面，海倫、本傑明，你們跟在後面。」

博士小心地來到山洞口，山洞中一股寒氣向外發散着，他第一個走了進去，保羅走在他的旁邊，接着海倫和

本傑明也走了進去。

進入漆黑的山洞，博士唸了一句口訣，一個亮光球隨即懸停在他面前幾米的地方，照亮了洞中的一切。這裏看上去和其他山洞沒什麼區別，四處可見的都是石壁。

博士對身後的兩個小助手揮揮手，然後繼續向深處走去，山洞中的路不算難走，他們慢慢地向裏面行進着。

走了十幾米，經過一個轉折後，洞中突然豁然開朗，一個大山洞出現了，亮光球自動飛到洞頂，把裏面照得很亮。

「哈，這裏夏天可以避暑呀。」本傑明緊張的心情已經一掃而空，「要是真有什麼魔怪，它倒是找了個好地方。」

「這裏好像沒有魔怪。」保羅在山洞中跑來跑去，「一點魔怪存在的跡象都沒有。」

「看來叔叔可能是遇上了惡作劇。」海倫看着四面說，「我想應該是他們的同事幹的，因為只有那些同事知道他們要來這裏勘測。」

博士一直沒説話，他只是在四周看着，還不時地摸着石壁。忽然，博士看到石壁上有個小洞，於是好奇地走過去。

「博士，那邊好像還有路，要不要過去看看？」海倫

指着一處通道說，那個通道口好像是這個大山洞的另外一道門。

「稍等一下。」博士搖搖手。

「我先去看看。」保羅說着向那邊跑去。

保羅跑了過去，他一頭鑽進了通道裏，通道裏很黑，不過這對保羅沒有障礙，他的眼睛有夜視功能，完全看得清路。

「還有一段路呢。」保羅喊道，「不知道是不是就要到盡頭了。」

「保羅，快回來──」博士突然高聲喊道，那聲音極大，海倫和本傑明嚇了一跳。

保羅沒有停步，不過他也緊張起來，他的緊張不是源於博士的叫喊，而是他的魔怪預警系統忽然出現了一絲微弱的魔怪反應，保羅完全確信那就是魔怪反應，而不是儀器故障。

「博士，前面……」保羅說着又向前走了一步，他想看看前面究竟有什麼。

「啪」的一聲，保羅感覺到觸碰了什麼，他低頭一看，一根極細的絆線被自己給撞斷了，那根絆線距離地面不到二十厘米高，因此自己一點都沒留意。

「嗖──嗖──嗖──嗖──」絆線斷了以後，還沒

33

等保羅反應過來，十幾支箭帶着風聲從他的頭頂上飛過，這些箭都沒有箭杆，只有不長但鋒利的金屬箭頭。

「啊？」保羅大吃一驚，他大叫，「博士——有埋伏——」

山洞裏，博士已經預感到了什麼，他把海倫和本傑明拉到自己的身邊，剛想再次叫保羅，忽然又有幾支箭從那個通道裏飛出，緊接着，大山洞的頂部忽然落下十幾塊巨

大的石頭。

「小心——」博士拉着海倫和本傑明緊緊地貼着石壁，大石頭全部砸在地上，發出巨大的響聲。

「保羅——」博士大聲喊道。

「我在這——」保羅回答着，立刻衝出通道，踩着那些掉落的巨石跑到博士身邊。

「快，我們離開這裏——」博士拉一拉還在發愣的本

傑明。

　　大家一起向進來的路跑去，博士讓本傑明和海倫跑在前面，自己和保羅緊跟在後，亮光球自動為他們引路。剛剛跑到進來的通道口，博士突然抓住本傑明和海倫，隨後用力一拉，就在這時，通道口上方落下來幾塊巨大的石頭，本傑明差點被砸中。

　　三個人緊貼着石壁，一動不動，保羅找到一塊大大的石頭，藏在後面。大山洞和通道口上又掉下來幾塊石頭，隨後，一切都沉寂下來，山洞中只有被震起的塵埃在慢慢下落，一時間粉塵一片。

　　借着亮光球的光，博士面色凝重地看看通道口，隨後看看落在大山洞中的石塊。本傑明和海倫驚魂未定，他倆捂着嘴鼻，吸入的一些粉塵令他們不停地咳嗽，不過他們最擔心的是再有石頭落下來。

　　「博士，我們的出路被堵住了。」過了一會，保羅看看沒什麼動靜，從藏身處鑽了出來。

　　「我們中埋伏了。」博士説着謹慎地向前跨了一步。

　　「博士，我剛才檢測到了魔怪反應，很微弱，但確實存在。」保羅走到博士身邊，急着報告。

　　「嗯，我也發現了魔怪存在的跡象。」博士點點頭，他看看兩個小助手，「你們沒事吧？」

「還好。」海倫和本傑明一起説，他們也走到博士身旁，就像受驚的孩子依偎在母親身邊。

「要馬上離開這裏……」博士説着看看被堵住的出口。

忽然，石壁四周突然開啟了十幾個射口，每個射口都探出幾支箭頭，博士看到了這個景象，連忙用身體護住海倫和本傑明。

「無影鋼鐵牆護體——」博士大聲地喊道。

他的話音未落，已經反應過來的海倫和本傑明也各唸出一句口訣，三面無影鋼鐵牆出現在他們的身邊，將他們完全包圍，博士又唸了口訣，一塊無影鋼鐵牆飛到他們的頭上，給他們加了一個蓋子。

無影鋼鐵牆組成的防護剛剛組成，石壁上的射口裏就飛出來無數沒有箭杆的箭頭，這些箭頭射在鋼鐵牆上，發出「噹噹噹」的金屬撞擊聲，全部被彈開了。

魔法偵探們都躲在鋼鐵牆後面，看着那些射來的箭頭。此時他們是安全的，保羅還向四周發出探測信號，想找出隱蔽攻擊的魔怪，但一無所獲。

一輪攻擊後，石壁上的射口都關閉了，地上全是掉落的箭頭。

「把鋼鐵牆打開一個口子，我們炸開出口的石頭！」

博士知道躲在這裏不是辦法，他想用氣流彈轟開被堵住的通道。

本傑明操縱的鋼鐵牆面對着出口，他連忙唸口訣移開了鋼鐵牆，博士和海倫一起甩手，兩枚凝固氣流彈飛向出口處的石頭。

「轟——轟——」兩聲巨響，堵路的石頭被轟開了，山洞裏碎石飛濺，大家連忙躲避。

出口被炸開了，博士連忙唸了句口訣，收回了無影鋼鐵牆。本傑明和海倫也唸了同樣的口訣，一直懸浮在洞頂的亮光球隨即飛到出口，為大家照亮了道路。

「快，快走——」博士連忙招呼大家，本傑明和保羅率先衝了出去。

他們向出口跑去，就在這時，本來已經關閉的射口再次打開，不過這次沒有箭頭伸出來，十幾股火焰轉瞬間從裏面噴射出來，山洞裏頓時形成了一個巨大的火球，火球向逃到出口的博士幾人追去。

「快唸避火咒——」博士感到身後烈焰來襲，連忙喊道。

海倫和博士一起唸避火咒，咒語剛剛生效，烈焰就撲了上來，本傑明和保羅已經跑過了拐彎的地方，快出洞口了，他倆沒有聽到博士的喊話，只顧着向洞口跑去。

　　烈焰越過海倫和博士，向山洞出口噴去，本傑明和保羅已經逃出了山洞，忽然感到身後一股熱浪襲來，立刻再次加快腳步。那股烈焰噴出洞口後散開，把本傑明和保羅的後背都燒着了，他倆怪叫着亂跑，身後還冒着火焰。

　　「本傑明——保羅——」博士衝出洞口，看見着火的本傑明和保羅，他揮揮手，「海倫，你守在洞口。」

　　正在這時，山下的尼爾森和喬治聽到聲響後也跑了上來，他們也衝上去幫助滅火。

　　本傑明和保羅全都倒在地上翻滾着滅火，尼爾森和喬治撿了樹枝去拍打火焰。海倫衝出來後一直把守在洞口，她唯恐魔怪追出來，時刻準備展開攻擊。

　　「大雨傾盆——」博士指着本傑明和保羅的頭頂，唸出一句口訣。

　　只見一股黑黑的雲團瞬間在他們頭頂出現，距離他們不到一米，黑黑的雲團長寬大約都在兩米左右，雲團中有道閃電劃過，隨後一陣暴雨如瀑布般落下，澆在本傑明和保羅身上。

　　正在滅火的尼爾森和喬治也被雨水澆到，他倆趕快跳出雲團。本傑明和保羅身上的火苗頓時被澆滅了。黑黑的雲團傾瀉完雨水後，化成霧氣，很快就不見了。

　　「你怎麼樣了？」博士走過來，他彎下腰扶起本傑

明，「沒有被燒傷吧？」

「我⋯⋯我也不知道⋯⋯」本傑明有氣無力地說。

「皮膚有灼傷，不過不嚴重，擦些急救水就好了。」博士看了看本傑明的傷勢，然後拿出了急救水。

海倫那邊，她的雷達也沒有檢測到什麼信號，似乎那洞中根本沒有魔怪存在。不過她還是警惕地守在那裏。

博士把急救水塗抹在本傑明被燒傷的部位，神奇的急救水迅速發揮了效力，本傑明感覺灼傷處的疼痛感減輕很多。尼爾森和喬治圍在一邊，照看着受傷的本傑明。

「本傑明，你剛才可以唸咒語呀，潑水咒和冷凍咒都可以的。」博士收起急救水，有些埋怨地說，「這樣你很快就能自己滅火了。」

「我、我一着急全都忘了。」本傑明趴在地上，懊悔地說。

「遇事一定要沉着。」博士說着站了起來，「好了，傷不算重，會好起來的。」

「哇！本傑明！」保羅走了過來，像是發現新大陸一樣，「你的褲子燒破了，屁股露出來了！」

「啊？」本傑明一愣，隨後連忙捂住屁股，他看了看保羅，「喂，不要說我，看看你的尾巴！」

「嗯？」保羅說着回頭一看，「啊——」

　　保羅尾巴上的毛全部被燒光了，只剩下一根細細的纖維棒，那些毛是纏在這上面的。

　　「哈哈哈——」尼爾森和喬治都笑了起來，他們剛才只顧着照看本傑明，沒有注意保羅。

　　「笑什麼笑？」保羅連忙用頭對着他倆，「你倆也被燒着了屁股，還笑我？」

　　「好了，保羅。」博士無奈地搖搖頭，「回旅館後我給你綁上一些線，到了倫敦後再給你重新打扮。」

　　「那我呢？」本傑明一直捂着屁股，哭喪着臉，「我這樣怎麼回去呀？」

　　「穿上我的外套吧。」尼爾森説道，「你穿上一定像披上一件大衣，到了鎮上我去給你買褲子。」

　　「謝謝。」本傑明連忙道謝。

　　「博士，山洞裏是不是有魔怪？」喬治問道，「我們聽到有爆炸聲，就跑上來了。」

　　「你們最好待在安全地方。」博士很嚴肅地説，「一旦遭遇魔怪，你們對付不了的。」

　　「我們在裏面遭到了攻擊。」本傑明站了起來，他披上了尼爾森的外套，「不過沒有和魔怪正面交接……博士，我的幽靈雷達沒有任何反應呀。」

　　「我的也只有一點點反應。」保羅説，「我絆到了一

根細線，然後就有箭射過來了⋯⋯」

「保羅，你説什麼？絆到了細線？」博士立即問。

「是呀。」保羅説，「我還沒跟你們説呢，我不是向另外一個通道走過去嗎？在通道口我探測到一點魔怪反應，非常弱，我想看仔細，就繼續往裏走，結果碰斷了一根細線，那根線橫着拉在通道的入口處，距離地面二十厘米左右。啊，我是不小心碰到的，我想收腳已經來不及了，絆線一斷，箭就從我頭頂上飛出來了⋯⋯」

「不怪你。」博士連忙説，他皺起了眉頭，「魔怪應該不在現場，所有機關都是預先設置的，那根絆線被碰斷，引發了一連串攻擊。我想絆線的設置是對付人的，如果是我們走過去，碰斷絆線也不知道，但是保羅的高度使他察覺到絆線的存在。」

「對呀，看來是這樣的。」本傑明點着頭説。

「還好是保羅碰斷了絆線，真是萬幸。」博士説道，「絆線是對付人的，箭也是對付人的，如果是人碰斷線，當場就會被射中，但是那些箭只是從保羅頭頂上飛過。」

「哼，這魔怪太壞了。」保羅狠狠地咬着牙，「還好是我碰斷了線。」

「博士，是不是可以這樣理解，」尼爾森説着指指四周，「那個魔怪就藏在這附近。」

「啊？」喬治嚇得連忙站到尼爾森身後，不過他馬上意識到魔怪似乎無處不在，有些手足無措。

「有這個可能。」博士說着看看喬治，「你也不用太害怕，它不會距離我們很近的，否則幽靈雷達和保羅就能發現它，剛才的攻擊完全來自於預先設計好的機關，魔怪不在現場。」

「保羅說測到了魔怪反應……」喬治小聲地說。

「微弱信號經常是魔怪痕跡的反應，如果魔怪一直住在洞裏，想要完全清除痕跡很困難。」博士解釋道，「如果魔怪接近幽靈雷達反應會很強烈，保羅也能立即發現。」

「啊，那我就放心了。」喬治總算是鬆了一口氣，「那我們現在怎麼辦？」

「先回去吧。」博士望着四周的小山，「本傑明還要休養一下。」

第四章　正面遭遇

博士叫洞裏的海倫出來，他自己在前面開路，中間尼爾森和喬治攙扶着本傑明，海倫和保羅在後面壓陣，一行人向山下走去。

一路上，大家除了關照同伴小心路滑，誰都沒有多説話。博士知道魔怪應該就在附近，但現在護送本傑明下山休養是最重要的，即使本傑明沒有受傷，盲目的搜索也不大可能找到魔怪。

由於剛才山中的爆炸聲，小鳥都被驚走了，此時的山間一片寂靜，只有微風吹拂着樹梢。

大家繼續下山，本傑明被攙扶着，有氣無力。海倫一邊走一邊警覺地望着四周，走在最前面的博士拿着本傑明的幽靈雷達，不時地對着周圍探測。

「博士——有魔怪反應——」保羅忽然大叫起來，「三點鐘方向，正在向我們這邊移動！」

博士和海倫手中的雷達其實也有了魔怪反應，他們的右側明顯有一個魔怪正在向這邊靠近，速度越來越快。

「海倫，你照顧好他們！」博士連忙喊道，他一揮

手，「保羅，跟我上！」

海倫立即站在本傑明身邊，做好攻擊準備。博士帶着保羅迎面向魔怪來襲的方向跑去，他剛才正在考慮怎麼找到魔怪呢，沒想到這傢伙現在居然來了。

「哇，怎麼辦呀？我們要死了……」喬治拉着海倫，驚恐地説。

「別亂説！」海倫瞪了喬治一眼，「有博士在呢，你就等着看博士怎麼收拾那個魔怪吧！」

博士和保羅迎擊上去，他通過幽靈雷達發現，來襲擊的魔怪只有一個，保羅也發現了這一點，他甚至有些得意──他的導彈要發揮效力了。

「老伙計，不要貿然攻擊，聽我的指揮。」博士一邊跑一邊提醒道。

「放心吧。」保羅答應着，「啊，博士，它就在前方一百米的地方，怎麼看不見它呢？」

保羅的話音未落，前方一百米的一棵大樹後，忽然閃出一個高大的半人半獸怪，它嚎叫着朝博士衝殺過來，它的手裏舉着一把寬大的戰斧，身穿十八世紀康沃爾郡農夫常穿的衣服，裸露在外的毛髮是褐色的。

博士稍微一愣，站在了原地，奔襲過來的就是半人半獸怪，尼爾森他們遇到魔怪的事得到了最終的確認。半人

半獸怪的移動速度極快，轉瞬間就衝了過來。

「啊——啊——」半人半獸怪揮舞着戰斧騰空而起，怪叫着向博士劈砍下來，那樣子像是要把博士一招就置於死地。

博士感覺到了強勁的風聲，判斷這股力量極大，他沒有正面迎擊，一閃身，那魔怪的戰斧砍在地上，地面上立即土石翻飛，斧子深深地嵌入地下。

「啊——」半人半獸怪把斧子拔出來，轉身又向博士砍去。

博士沒等魔怪再次出手，他揮拳重重地打了過去，半人半獸怪的後背被博士砸中，不過它只是晃了一下。博士感到非常吃驚，看來這種魔怪的抗擊打力果然很強，要是別的魔怪被博士這樣打中，不馬上倒地，怎麼也要倒退幾步。

那魔怪一揮手，戰斧橫着劈向博士的腰部，博士後退一步閃過攻擊，他唸了一句口訣，雙手頓時變成了長長的千噸鐵臂，博士想試一下這傢伙到底有多大氣力。

半人半獸怪看到自己再次劈空，有些生氣了，它舉起斧子，衝上前一步逼近博士，隨後舉起戰斧劈了下去。

「噹——」的一聲金屬撞擊聲，博士舉起雙手進行迎擊，戰斧和千噸鐵臂的撞擊發出的巨大聲響，響徹整片樹

林。經過這樣一撞，博士差點坐在地上，半人半獸怪也倒退了一步，它也有些吃驚，瞪大眼睛看着博士，似乎這才察覺面對的是一個強大的對手。

就在半人半獸怪發愣的時候，博士的雙臂橫掃過來，那魔怪慌忙用戰斧一擋，又是一聲巨響，魔怪擋開了博士的攻擊。

「博士，加油——」保羅一直圍着他們打轉，他大聲地給博士鼓勁。

博士和半人半獸怪在樹林裏打了起來，雙方直接的撞擊聲不時地傳來，保羅的鼓勁聲也夾雜在裏面。不遠處的海倫十分焦急，她想去幫忙，但是這裏有兩個普通人和受傷的本傑明，要是去幫忙，再竄出來一個魔怪那可太危險了。

半人半獸怪和博士正面交鋒，他們打了將近十分鐘，半人半獸怪有些着急了，它的出招越來越狠。博士小心地應對着，他觀察到這傢伙似乎只有一些蠻力。

魔怪又一次舉起戰斧，它高高地躍起，帶着落下的慣性向博士砍去，博士已經想好了對策，他沒有躲避，而是忽然伸出了雙手。

「無影鋼鐵牆——無影鋼鐵牆——」

隨着博士唸出的口訣，他的左右手前分別出現了一

堵鋼鐵牆，他的兩隻手分別操縱着這兩堵看不見、摸不到的牆。

魔怪的戰斧兇猛地帶着風聲砍了下來，博士沒有躲閃，也沒有用鋼鐵牆迎擊，他雙手一合，兩堵鋼鐵牆快速靠攏，「咔——」的一聲，魔怪的戰斧被兩堵牆牢牢地夾住。

「啊——」半人半獸怪狂喊起來，它用力往外拉戰斧，但是怎麼也拉不動，兩堵沉重的鋼鐵牆死死地夾着那把戰斧。

魔怪繼續怪叫着，它兩隻手一起抓住戰斧的手柄，用盡全身力氣往外拉戰斧，身體完全傾斜着，但那斧子紋絲不動。

博士操控着兩堵無影鋼鐵牆，看到魔怪身體完全傾斜下來，他的嘴角劃過一絲微笑，猛地打開雙臂，兩堵牆霎時打開了，半人半獸怪猝不及防，後退十幾步，倒在地上。

「嗨——」博士凌空一躍，身體飛起五、六米高，他居高臨下連續射出三枚凝固氣流彈，三枚氣流彈直奔魔怪而去。

「轟——轟——轟——」氣流彈發出巨大的爆炸聲，半人半獸怪被直接炸中，氣浪把它掀了起來，隨後重重地

摔倒在地。一陣煙霧過後，半人半獸怪的嚎叫聲傳來，它趴在地上，身體抽動着，手裏還握着戰斧，戰斧的斧刃部分斷裂了一半，成了一把破斧子。

「哈哈——炸死了——」保羅興高采烈地向半人半獸怪跑過去，「也就這點本事呀。」

「保羅——小心——」博士連忙呼叫。

保羅已經衝到了半人半獸怪的身邊，原本趴在地上的半人半獸怪這時一斧子掃過來，保羅一愣，不過它隨即一跳，斧子掃了個空。

「啊——」半人半獸怪嚎叫着一躍而起，它瞪着博士，身體大幅彎曲着，大口地喘着粗氣，有血從身上淌下來，它身上的衣服一條條的，顯然被氣流彈炸爛了。

博士沒有再次展開攻擊，他知道面前的這個魔怪雖然還能站起來，但一定受了重傷，攻擊力比剛才起碼減少了一半以上。

那魔怪還在瞪着博士，忽然，半人半獸怪一轉身。

「急走如風——」魔怪喊出了一句口訣，它像是一支射出的箭一樣，飛速向樹林深處逃去，那速度快得驚人。

「老伙計，發射導彈——」博士急忙大聲喊道。

保羅還在發愣，聽到博士的呼叫頓時明白了什麼，連忙調整到攻擊姿勢，後背上的蓋板快速打開，隨後兩枚追

妖導彈發射裝置彈了出來。

「哇，它移動得好快！」保羅鎖定了奔逃的魔怪，他的話音剛落，一枚導彈已經射了出去，緊接着，第二枚導彈也射了出去。

「轟——」幾秒鐘後，樹林那邊傳來一聲爆炸聲，隨後，又一聲爆炸聲傳來。

「炸中……」保羅剛想歡呼，忽然，他大吃一驚，「怎麼還在移動？啊，它不見了！」

「給它跑了。」博士看着手裏的幽靈雷達，半人半獸怪已經跑出了搜索範圍，「第一枚導彈似乎打在它身邊，第二枚完全炸空了……這傢伙移動速度太快了。」

「怎麼會這樣？」保羅很懊惱，「我鎖定它了呀。」

「它唸了暴走口訣，速度接近音速。」博士語氣沉重，「它啟動的速度也領先追妖導彈好幾秒。」

「哎呀，我要是再快點就好了。」保羅非常後悔。

「這不怪你。」博士用深邃的眼神望着遠處的樹林，「它的這個動作做得很突然，我以為它會再撲上來，結果它掉頭跑了……不過沒關係，它跑不遠，它受了重傷……」

博士和保羅回到了海倫那裏，海倫他們聽到交戰聲沉寂下來，非常焦急，喬治還想給博士打電話，被海倫制

止了。

「博士——博士——」尼爾森看到博士他們，連忙衝上去，「怎麼樣？打死它了？」

「沒有。」博士搖搖頭，「它跑了。」

「啊？」尼爾森當即愣住了。

「它受了重傷。」保羅高聲說，「唸了一種暴走的脫身口訣跑掉了，不過我們一定會抓到它的。」

「受了重傷？」尼爾森眉毛一揚，「那就是說它跑不遠了？」

「它確實是一個半人半獸怪。」博士沒有正面回答尼爾森的問題，「而且正像資料上述的那樣，這是一種抗擊打力極強的魔怪。」

「看那些同事怎麼說！」喬治在一邊悻悻地說，「還說我們是自己嚇自己，哼！」

「如果見到你們的同事，先不要聲張，以避免引起不必要的恐慌。」博士連忙對喬治說，「更不能引起媒體的關注，否則會帶來很大的麻煩。」

「是……我明白。」喬治點點頭。

「我們先回去。」博士揮揮手說，「本傑明需要休息……」

「博士，雖然它受了傷，但是……它不會跑遠了

吧？」尼爾森不放心地問。

「不會的。」博士説，「它的傷很重，現在需要的是馬上療傷，否則會危及生命，所以它肯定跑不遠……」

「那它養好傷會不會來傷害我們呀？」喬治打斷了博士的話，他非常害怕，警惕地看着四周，「它在山洞裏設下機關，最後還衝了上來，一定是想殺了我們，它盯上我們了！」

「你説得沒錯。」博士説，「不過放心，剛才它確實在跟着我們，而且在幽靈雷達搜索的範圍外跟蹤，現在不會了，因為它要先救自己，即便養好傷，它也不會知道我們的駐地，只要你們不進入這個區域就是安全的。」

「那我們快走吧。」喬治説着就向前走了幾步，不過他忽然發現不對，急忙退回幾步，扶着本傑明，不好意思地笑了笑，「本傑明，我來扶你。」

第五章　博士的方向

大家警惕地往回走去，四周除了寂靜還是寂靜，下山後來到地勢平坦的地區，這裏能清晰地觀察到很遠的地方，四下都空蕩蕩的，他們沒有被跟蹤。

來到停車處，他們上了各自的汽車，博士駕車回到鎮上的旅館，尼爾森和喬治把本傑明攙扶到房間，本傑明便躺下休息了。這時已經是下午。

尼爾森和喬治又到鎮上的商店給本傑明買了兩套衣服，送到了旅館，博士此時已經把保羅的尾巴重新裝飾了。之後尼爾森和喬治便開車回到特魯羅。博士讓海倫先去休息，他帶着保羅回到自己的房間，一進房，博士就打開了地圖，開始仔細研究起來。

晚飯前，本傑明醒了，他感覺好了很多，後背不那麼疼了，力氣也恢復了不少，只是走路時腳步還有些軟。他來到博士的房間，讓博士給他檢查身體，被告知明天就完全好了。

本傑明很高興，他打電話叫來海倫，三個人一起去吃晚飯。根據以往的慣例，晚飯後博士會把大家叫在一起討

論案情。

　　大家吃完飯後，一起來到博士的房間，博士攤開了一張地圖，然後詢問兩個小助手有什麼發現。

　　「嗯⋯⋯嗯⋯⋯」海倫猶豫着，她似乎沒有想好，「就是發現了一個魔怪，我們沒有看見，但是你和保羅看到了，這個魔怪最終確定是半人半獸怪。」

　　「我的看法和海倫一樣。」本傑明緩緩地跟着說，他

　　這個魔怪真的是半人半獸怪嗎？
　　接下來該如何對付他呢？

和保羅對視一眼，「啊，它力氣很大，抗擊打力很強，和書上介紹的一樣……就這麼多了。」

「這都是表象。」博士微微地點着頭，「當然，這也很重要，無論如何我們可以確定對手是何種魔怪了……不過你們有沒有發現，這個魔怪在洞中設計了機關，沒有取得預想的效果，居然不懼我們人多，衝出來和我們拚命。那天尼爾森和喬治也進了山洞，它卻並沒有窮追猛打，看它今天的表現，那天完全可以把尼爾森和喬治置於死地，可它連追都沒追。」

「是的，」保羅搖晃着腦袋，「它和博士打鬥的時候招招是狠招……」

「也許……魔怪都很瘋狂……」本傑明自顧自地猜想着說。

「可能是因為我們侵犯了它的領地？」海倫眨眨眼，隨後搖搖頭，「不對，我叔叔也算是侵犯了它的領地，不過只被它嚇出了山洞。」

「這是一個疑點。」博士似乎一時也沒有什麼頭緒，「這傢伙今天這樣瘋狂地展開攻擊，後來卻突然跑了，只能說明一個問題，那就是它受了重傷，否則這麼瘋狂的魔怪一定會攻擊到底的，而且這傢伙急於脫身，用了暴走術，這對它受傷的身體也有消耗。這傢伙一定跑不遠，

而且療傷期也不會太短，這就為我們再次找到它提供了機會，否則它一走了之，我們還真沒辦法了。」

「博士，我的傷好了。」本傑明有些興奮地喊起來，「明天就去找半人半獸怪，它跑不了的，這次沒有尼爾森和喬治，我和海倫都能幫你的忙……」

「是呀，博士，那我們快點去找它，否則它養好傷可能就跑了。」海倫也有些焦急地說，「它藏身的區域不算很大，我們慢慢搜。」

「是要儘快找到它。」博士拍拍本傑明的肩膀，「今晚睡一覺，睡前再喝一些急救水，明天一定能完全復原。不過在它藏身區域搜索這個辦法不是很好。」

說着，博士轉頭看看海倫，他指了指桌子上的地圖，大家都湊了過去。

「這個區域是不大，但是也不算小，只有我們幾個，而且還是在明處，找到它也比較困難。」

「那該怎麼辦呢？」保羅有點着急了。

「老伙計，不要急呀。」博士笑了笑，「我們回去那個山洞，應該能找到一些魔怪遺留的痕跡，通過這些線索再找尋魔怪，這樣目標就會明確很多。」

「還去那個山洞？」本傑明有些心有餘悸地問。

「對。」博士又笑笑，「放心吧，那裏的機關今天都

已經作出了不成功的攻擊，修復機關估計得花上幾天的時間，而且那個魔怪受了重傷，不可能再去那裏的。」

「啊，那我就放心了。」本傑明不好意思地笑笑。

「其實保羅今天進那個通道後我已經發現了一些線索。」博士説，「大山洞的石壁上有一個洞，看上去不像是自然形成的，應該是被開鑿的，而且擺放的東西應該是亮光球，你們也知道，只有魔法師和巫師才使用亮光球，如果是這樣，那個山洞裏應該居住過魔法師或巫師。半人半獸怪有可能是居住者的僕人，居住者是巫師的可能性很大，魔法師一般都住在人類聚集區，不大會躲到山洞中去。」

「啊？」海倫和本傑明互相看看，都大吃一驚，「一個半人半獸怪就夠了，背後還有個巫師呀！」

「只是這樣推斷。」博士説，「我想應該沒有，否則這傢伙今天出來和我們拚命的時候，巫師肯定會幫忙的。」

「我覺得那個山洞中居住過的可能是魔法師。」保羅搖晃着尾巴説，「魔法師和巫師的可能性各佔50%，這是我最新統計的結果。」

「這樣的結果等於什麼都沒説。」本傑明笑着拍拍保羅。

「那我不管，這是分析資料高速運轉後的統計結果。」保羅一本正經地説。

「好了，今天我們早點休息。」博士也笑了，他看看大家，「明天一早再去那個山洞。」

第六章　箭頭

第二天一早，博士起床後先檢查了本傑明的傷勢，本傑明已經完全康復了。博士又給尼爾森打了電話，說暫時不會有什麼事情找他們。

吃過早飯，博士帶着幾個小助手駕駛着汽車，向尼爾森山方向開去。

汽車停在了昨天停車的地方，大家下了車，隨後向尼爾森山進發。一路上他們都很謹慎，不停地四下觀察着。很快，大家上了尼爾森山，再次來到了那個山洞前。

「老伙計，搜索一下。」博士到了洞口，讓大家停下腳步，他蹲下身拍拍保羅。

保羅向山洞裏發射了兩道加強的魔怪探測信號，他得到的反饋是一切正常，馬上把結果告訴了博士。

「很好。」博士點點頭，他揮揮手，「你們往後退一步。」

海倫和本傑明都往後退了一步，他們有些不解地看着博士。博士慢慢地抬起雙手，隨後突然發力，猛地向上一推。

「山搖地動!」

隨着博士的口訣,兩股泛白的氣浪翻滾着急速衝進洞中,隨後裏面發出沉悶的一聲,整個山洞都在抖動,如同地震一般。本傑明連忙和海倫互相攙扶着,還好洞口這裏感到的震動不算太大。

山洞中的震動持續了幾秒,隨後平息下來。

「如果還有昨天沒有啟動的機關,這樣一震就會啟動,再進去就沒有危險了。」博士這才對幾個小助手解釋道。

小助手們都佩服地看着博士,覺得他處理事情真是全面。

「你們跟在我後面。」博士對海倫和本傑明説,他看看保羅,「老伙計,你跟在我身邊,不要亂跑。」

説着,博士進了山洞,保羅這次聽了博士的話,沒有亂跑。進洞後博士就拋出了一枚亮光球,儘管亮光球把通道照得如白晝般明亮,但是手持幽靈雷達的本傑明還是有些害怕,他身邊的海倫也是一樣。

他們很快就走進大山洞之中,那裏鋪滿了落下的巨石。亮光球飛到大山洞的頂端,博士看看周圍的環境,大家緊張的心情都稍稍放鬆了一些。

「我昨天就是進了那個通道後碰到絆線機關的。」保

羅指着一個通道口説，「我還測到了魔怪反應。」

「去看看。」博士一揮手。

本傑明和海倫本來放鬆的心又懸了起來。博士遙控着亮光球先飛進那個通道，然後和保羅走了進去，保羅特別留意地面，不過他沒有發現新的絆線。

「博士！」保羅進了通道，沒走幾步突然喊道，「我又探測到了微弱的魔怪反應！就在前面！」

「幽靈雷達也有反應。」海倫在後面説，「不過太微弱了……」

博士沒説話，他只是輕輕揮揮手，示意大家跟上，他已經做好了攻擊準備。

又往前走了十米，似乎是到了通道盡頭，亮光球一下飛出通道，進到另外一個山洞中，並把裏面照得極亮。博士他們一直跟了進去，進去後他們全都鬆了一口氣，這裏是一個稍小一些的山洞，這個山洞沒有任何的出口，應該是到底了。

「魔怪反應很微弱。」保羅走到博士身邊，「應該是魔怪遺留的生活痕跡造成的。」

「嗯。」博士點點頭，他接過海倫的雷達，對着四周照了照，「沒有單一的信號源，除了洞頂，整個山洞都有微弱反應，看來這裏是一個魔怪久居的地方，所以留下了

生活痕跡，這種痕跡很難抹去。」

「我知道了。」海倫比劃説，「整個山洞是這樣的構造，先是一段十幾米的通道，然後是那個最大的山洞，算是客廳吧，然後有一段十幾米的通道，一直通到這裏，算是魔怪的起居室。」

「可以先這樣理解。」博士抬頭望着洞頂，「我們再去『客廳』看看，然後再做最後的判斷。」

博士拋出亮光球，大家跟着亮光球再次來到被海倫稱作「客廳」的大山洞，博士徑直走向山洞西側，望着一處石壁上的凹陷，那個凹陷其實是石壁上的一個小洞，不算深也不算大，距離地面差不多有一人高。大山洞的石壁上只有這一個洞。

海倫和本傑明都跟了過來，他們都看着那個小洞。

「博士，這就是你上次看見的那個洞？」海倫問，她踮起腳尖，勉強能看到那個洞。

「嗯，就是這裏。」博士指着那個洞説，「絕對不是自然形成的，根據痕跡判斷，像是誰用魔力挖出來的，這還不是最主要的，最主要的是小洞的內壁全部微微泛白，白中還帶着一點點的綠，你們仔細看看，小洞的顏色和石壁的顏色是不一樣的。」

「啊，真是這樣。」海倫和本傑明聽到博士指引，馬

上進行了對比，發現情況確實如博士所述，小洞內壁的顏色要比石壁白很多，那種白色中還帶着一點綠。

「讓我看看，讓我看看。」保羅急着説，於是海倫把保羅抱起來。

「博士，為什麼會有這樣的情況發生呢？」本傑明不解地問。

「唯一的解釋就是這裏是擺放亮光球的地方。」博士説着指指洞頂，「你們知道，古時候沒有電燈，魔法師和巫師都用亮光球作為光源，如果讓亮光球長期懸浮在半空中，操縱者都會損耗一定的魔力；如果把亮光球擺在一個地方就不用了，而亮光球長期擺放的地方會出現顏色發白的情況。這是被亮光球中熒光長期照射的結果，白中帶綠的這種顏色應該只有被亮光球照射才能產生……不過，我還要最終確認一下。」

博士説着從口袋裏掏出一把小鐵錘，他用鐵錘敲擊着小洞的洞壁，一些碎屑掉了下來，他仔細地收集起碎屑，看看保羅，「老伙計，檢測一下這些碎屑。」

海倫把保羅放到地上，保羅的後背蓋板打開，一個圓形托盤升了起來，博士把碎屑放上托盤。

「馬上就好。」保羅説。

很快，保羅完成了檢測，列印出一份報告，博士看着

報告內容，臉上露出一絲笑容。

「很好，我們有了資料支持。」博士把報告紙揚了揚，「碎屑中含有A型熒光粉成分，這只有亮光球照射才能形成。」

「那就是説這裏面曾經住着一個巫師了。」海倫説，「還住了很久……」

「也許是個魔法師。」保羅打斷海倫的話。

「魔法師是不會住在山洞的！」海倫強調説。

「不管是魔法師還是巫師，這裏應該不是『客廳』。」博士看着海倫，「所以我説要看了這裏才下結論，這裏很肯定是『主人房』，而裏面那個小山洞是魔怪居住的『僕人房』。魔怪的夜視能力大都很強，一般不使用亮光球，那個『僕人房』裏也找不到類似的小洞。」

「噢，原來是這樣。」海倫信服地點點頭。

「我們會不會還要對付一個巫師呀？」本傑明此時又擔心起來，「也許那個巫師外出了，過幾天就回來了。」

「從檢測報告看，可以排除這種可能。」博士又看看那份報告，「A型熒光粉的劑量非常低，如果巫師住在這裏，會一直使用亮光球，劑量會非常高，這説明一個問題，本傑明，你能告訴我嗎？」

「這個……」本傑明想了想，「是不是巫師確實在這

裏住過一段時間，不過很久不住了，所以熒光粉的劑量開始慢慢變少？」

「完全正確。」博士很高興，「從劑量上分析，這裏不再受亮光球照射最少有兩百多年了，確切的數值結果要在倫敦的實驗室檢測。不過因此可以推斷，那個巫師早就不在這裏了，這裏只有半人半獸怪獨自居住。」

「啊，總算放心了。」本傑明終於鬆了口氣。

「我們再仔細找一找，看看能不能找到一些其他痕跡。」博士對小助手們說，他指指四壁，又指指最裏面的那個山洞。

大家一起點頭。隨後，他們開始了仔細的搜索，他們再次來到最裏面的山洞，找尋着魔怪痕跡，不過沒有什麼新發現。

大家又返回到大山洞開始找尋。保羅開啟了紅外線測試眼，兩道紅色的光柱在石壁上掃來照去，找得很仔細。

海倫和本傑明東摸摸、西碰碰，但是找了一圈，什麼都沒有找到，兩人都有些灰心。

「半人半獸怪很狡猾。」本傑明對海倫說，「它一定害怕魔法師知道這裏是魔怪駐地，就把自己的東西藏起來了。」

「嗯。」海倫點點頭，「這說明它害怕我們。」

「對，所以設下機關，又是砸石頭又是射箭……」本傑明沒好氣地說。

「箭——箭——」保羅突然喊叫起來。

「啊？」本傑明大驚失色，他一把拉住海倫，隨即蹲下身子，海倫也連忙蹲下，做好了迎戰準備。

沒有任何箭射過來的風聲，一切都是那麼正常，不遠處的博士正走向保羅。

「保羅，你喊什麼呢？」本傑明皺着眉站了起來，「哪裏有箭？」

「這裏呀，就在這裏。」保羅站在一處石壁前，大聲地說。

本傑明和海倫連忙走了過去。保羅面對的石壁有一道裂縫，他明顯發現了什麼，又是晃腦袋又是搖尾巴，一副激動的樣子。

「箭，這裏有一支箭，好像是上次射我們的箭。」保羅說着雙眼射出兩道白色的光柱，光柱照進了裂縫。

裂縫被照亮了，大家看見裂縫深處有一支沒有箭杆的金屬箭頭，博士把手伸向裂縫，抓着了箭頭，但是往外拽時箭頭被卡住了。

「我來試試。」本傑明說，他把手伸進去，想取出那箭頭，他用力一拉，但是箭頭仍然紋絲不動，「啊呀，卡

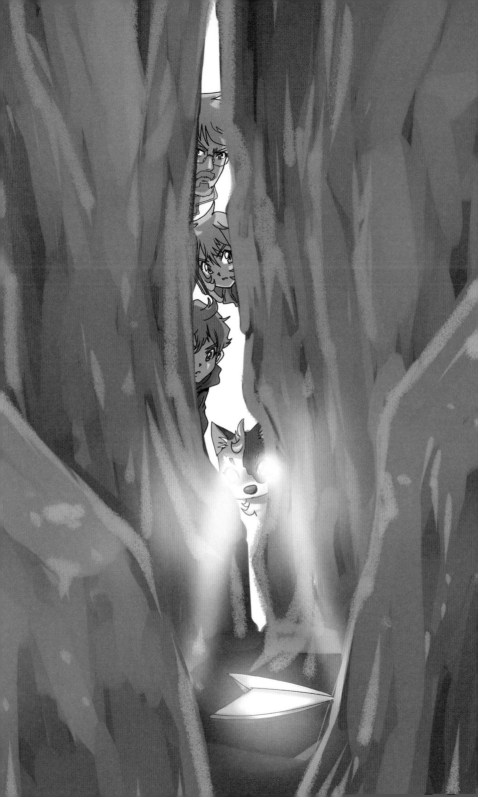

得很緊，我用不上力。」

「我來吧。」博士説着又把剛才那個小錘子掏了出來，他拿起錘子開始敲擊石縫。

「噹、噹、噹……」山洞裏響起清脆的金屬敲擊聲，博士的錘子不大，但是他使用了魔力，很快，碎石就不停地掉落下來，石縫被擴大了。本傑明和海倫都退到旁邊，看着博士。

博士又敲了幾下，卡着箭頭的石塊開始鬆動了。博士清理着碎屑，就在這時，那個箭頭突然擺動了幾下，掙脫束縛飛出了石縫，隨後向洞外飛去。

「海倫——」博士想去抓那會飛的箭頭，但是沒有抓住，他連忙通知靠近洞口方向的海倫。

沒等博士的話音落地，海倫一個箭步，隨後一躍，飛起來兩米高，她一個凌空翻身，最後穩穩地落地。

「抓到了嗎？」本傑明和保羅連忙跑過去。

「沒有。」海倫聳聳肩。

「啊？」本傑明叫了起來，「你的動作那麼漂亮，但……」

「哈哈哈，騙你們呢。」海倫一伸手，她的手上抓着那支箭頭，那箭頭就像是活的一樣，還在微微地顫動，似乎要逃離海倫的手。

「博士，這箭頭會動！」本傑明指着箭頭，疑惑地看着博士。

博士走過來，小心地接過海倫遞過來的箭頭，他牢牢地抓着箭頭，感覺箭頭有很大的掙脫力。這支箭頭閃閃發亮，看上去是鐵質的。博士忽然像是想起了什麼，他看了看石縫，又看了看石縫對面的通道口，隨後把箭頭死死地握在手裏。

「我大意了，我大意了。」博士搖着頭，似乎很懊悔，「海倫，快把綑妖繩拿出來綑住箭頭。」

「好的。」海倫說着急忙把綑妖繩拿了出來。

博士接過綑妖繩，隨後把握着箭頭的手掌完全打開，那箭頭突然擺脫了束縛，立即飛起來。

「停！」博士對着箭頭唸了一句口訣，那箭頭剛剛飛起來，隨即懸停在半空中，一動不動。

海倫明白了博士的意思，她用綑妖繩把箭頭牢牢地綑住，博士唸了一句口訣，解除了箭頭的束縛，箭頭再次飛了起來，不過繩子的另一頭被海倫抓着。

「看看，箭頭指向洞口方向。」博士有些興奮地望着飛起來的箭頭，「它要去找主人了。」

「啊？」本傑明一愣，「博士，你說什麼？」

「噢。」博士看看本傑明，「嗯……你們看看地上，

老伙計，昨天你觸動了線之後就飛出來很多箭頭吧？」

「是呀。」

「昨天我們用鋼鐵牆也擋住很多箭頭。」博士對海倫和本傑明說，「我們大意了，你們看看地上，昨天那些箭頭都哪裏去了？」

「啊！是呀。」本傑明恍然大悟，「除了石縫裏的這支，都不見了。」

「是不是半人半獸怪晚上跑回來拿走了？」海倫問。

「不會的，它受了重傷，快速逃走後精疲力竭，只能隱藏起來療傷。」博士說。

「那我知道了。」海倫點點頭，「它的這些箭頭施過咒，它在隱藏地把它們召喚回去了。」

「對，一定是這樣的。這些箭頭是它的重要武器，被施過咒，使用過後能用咒語隨時召回。」說着，博士走到石縫那裏，他又看了看石縫，隨後指指石縫正對着的通道，「保羅昨天是在那個通道碰到絆線的，隨後箭射了出來，其他箭頭都射在石壁上，只有這支射進了石縫，而且被牢牢卡住，半人半獸怪召喚的時候，其他箭頭都飛走了，而這支被卡在裏面飛不出來，我們撬開石縫它就飛出來了，現在要去找主人呢！」

「那只要跟着這支箭頭，就能找到那個魔怪了！」保

羅興奮地説。

「沒錯。」博士望着同樣興奮的海倫和本傑明，「通過這個會飛的箭頭，我們能得到三點結論：第一，跟上箭頭就能找到召喚者；第二，召喚者距離這裏不遠，應該不會超過十公里，因為魔法最高的巫師召喚距離也不過二十公里；第三：箭頭仍然會飛，説明還在召喚咒語的有效期內，這種有效期一般都在二十四小時內，因此我判斷它是昨晚進行召喚的。」

「那我們快去找它。」本傑明又着急了，「否則有效期過了⋯⋯」

「還有十幾個小時呢。」博士微微一笑，「我們一定能找到它！海倫，牽着你的『風箏』，帶路！」

「是！」海倫拉拉「風箏線」，那個箭頭擺了擺，隨後，海倫向洞外走去。

第七章　本傑明受了重傷

大家跟着海倫走出了山洞，那個箭頭一出山洞就向西面飛去，大家連忙跟上。

保羅緊緊地跟着海倫，他不停地向前方發射探測信號，不過走了幾公里，還沒有任何反應。

前面出現了一條小河，海倫的「風箏」筆直地繼續向西，博士幾人連忙各唸輕身口訣，都飛過小河。過河後他們走了十幾米，忽然，保羅停了下來。

「博士，前面大概一公里的地方有魔怪反應。」保羅提高警覺。

「蹲下。」博士連忙對大家發令，他們都俯身蹲在草叢裏。

「十二點方向，距離我們九百一十五米有一個魔怪！」保羅又射出兩道探測信號，隨即得到了準確的資料。

博士向正前方觀察了一下，發現前方三、四百米的地方有一處很大的樹林，他知道魔怪就藏在這個樹林裏。

「我們隱身前進。」博士沉穩地對大家說，他做了一

個手勢，「包圍它！」

幾個小助手都點點頭，他們稍有些緊張。

「看不見我的形也聽不見我的聲。」博士先唸出一句口訣，他「唰」地就不見了，似乎瞬間蒸發。

海倫、本傑明和保羅也唸了口訣，他們也都不見了。那個箭頭被海倫牽着，也隱去了外形。

博士揮揮手，繼續向前走去。他們隱身後互相可以看到。海倫快步走到前面引路，保羅也已經鎖定了魔怪，和海倫一起給大家引路。

很快，他們進了那片樹林，樹林裏非常安靜，小鳥繼續唱歌，風繼續吹。

「嗖——」的一聲，本傑明嚇了一跳，他的身後突然躥出來一隻狐狸，緊接着又躥出來兩隻。本傑明連忙站定，三隻狐狸在他面前跑了過去。

幽靈雷達此時也有了反應，這説明他們和魔怪相距不足五百米了，博士加快了腳步，距離魔怪大概兩百米的時候，博士舉起了手，大家連忙停下。博士招招手，小助手們都圍了過去。

「它就在前面。」博士看看手裏的雷達，「我們在距離它一百米的地方從三面包圍它，然後我會發出三聲鳥鳴，你們各回兩聲，我再發出三聲急促的鳥鳴後就一起衝

向它，展開攻擊！」

「好。」本傑明握着拳頭，和海倫、保羅對視一下，用力地點頭。

現在不用箭頭指路了，海倫把箭頭收進口袋。大家又向前走了一百米，隨後停下。他們並沒有看見前方的半人半獸怪，只看見一些高大的樹木，不過幽靈雷達的反應非常強烈，魔怪應該就隱藏在大樹後。博士蹲下身子，做了個包圍的手勢，海倫和本傑明各持一台幽靈雷達，從側翼包抄過去。

博士算着時間，兩分鐘後，他判斷海倫和本傑明已經在魔怪的側後方完成了包圍。

「啾──啾──啾──」博士發出了三聲鳥鳴聲。

「啾──啾──」海倫的鳥鳴聲傳來。

「啾──啾──」本傑明也發出了回答，他們完全到位了。

博士看看身邊的保羅，隨後站了起來。

「啾──啾──啾──」博士發出了急促的鳥鳴聲。

聽到博士發出的信號聲，本傑明和海倫飛快地向被雷達鎖定的目標奔去，博士在保羅的帶領下也快速出擊。本傑明手裏的雷達指示，半人半獸怪就在他前方不到九十米遠的地方。

　　半人半獸怪還不知道有人朝自己這邊衝來，雷達顯示他仍是一動不動的。本傑明很快就接近了魔怪，但是就在距離魔怪還有五十米的時候，他的腳觸碰到了一根絆線，雖然他是隱身的，但是身形實體不會消失。

　　「嗖——嗖——嗖——」十支箭頭從樹上射了過來，本傑明感覺到了風聲，慌忙閃身，躲過了八支，一支箭狠狠地射在他的肩膀上，另一支箭射中了他的腰部，本傑明大叫一聲，倒在地上。

　　博士、海倫的移動速度和本傑明基本一致，他們在距離魔怪五十米的時候也觸碰到了絆線，海倫腿部中了一箭，痛苦地倒在地上。博士發覺自己觸動了機關，但已經晚了，他的腿上中了一箭，手臂也被一支箭嚴重擦傷，他一個踉蹌摔倒在地。

　　「博士，你怎麼了？」保羅急忙跑到博士身邊。

　　「沒事，沒事。」博士咬咬牙，他把箭頭一把拔了出來，血頓時流了出來，不過他顧不得這些，掙扎着站起來，「本傑明——海倫——」

　　前方的一棵大樹後，有個影子一閃，博士看清了，那就是半人半獸怪。絆線的觸發驚動了他，它正在一棵大樹下休息，聽了本傑明的喊聲後，急忙逃跑，博士發現半人半獸怪是一瘸一拐的，顯然受的傷沒好。

　　博士也一瘸一拐地追了上去，那個魔怪逃跑的方向正是本傑明圍捕的方向。半人半獸怪捂着肚子，邊跑邊往後看，它很狡猾，因聽到喊聲而沒有看到人，馬上知道博士幾人是隱身的，於是唸了顯身口訣；它發現了博士後，於是加快了奔逃速度。

　　博士也加快了速度，突然，半人半獸怪停了下來，博士一愣，他發現半人半獸怪站在倒地的本傑明身前，惡狠狠地看着本傑明。本傑明並沒有昏迷，但是沒有一絲力氣。忽然，半人半獸怪彎下身子，手對着本傑明舉了起來。本傑明絕望地閉上了眼睛。

　　「不——」博士大喊着，他想衝過去，但是腿發不上力。

　　「不能傷害本傑明——」保羅也看到了這一幕，他不敢發射導彈，飛撲上去要和魔怪拚命。

　　半人半獸怪聽到博士的喊聲，向這邊張望了一下。它狠狠地瞪了本傑明一眼，舉起的手收了回去，隨後一瘸一拐地跑掉了。

　　保羅急忙追了過去，博士跑到本傑明身邊，他彎下腰查看着本傑明的傷勢，隨後把急救水拿了出來。就在這時，不遠處的山林傳來一聲爆炸聲。

　　博士沒理會爆炸聲，他叫本傑明忍着點，迅速把射

在本傑明肩膀上和腰上的箭頭拔出來，然後快速抹上急救水，還給本傑明喝了一些。救治完本傑明，博士站起來，他四下望望。

「海倫──海倫──海倫──」

「我在這──」不遠處傳來海倫的聲音，隨後，海倫一瘸一拐地走了過來。

「海倫，你怎麼樣？」博士連忙迎了上去。

「哎喲──」海倫走過來，她眉頭緊鎖，咬着牙齒，「腿上中了一箭，我已經喝了急救水了……」

「博士──博士──」一把聲音忽然從遠處傳來，保羅搖晃着從一棵大樹後閃身而出。

「老伙計。」博士轉身望去，只見保羅背上的毛豎立着，並且都變黑了，成了一隻小黑狗，「怎麼回事？」

保羅慢慢地走了過來，他癱倒在地上，搖晃着腦袋，一副很不好意思的模樣。

「被那魔怪攻擊了？」海倫問。

「嗯。」保羅點點頭，「我追過去，剛剛打開導彈發射架，那個傢伙朝我射過來一顆類似於氣流彈的東西，我……我就被炸成這樣了……」

「身體裏的設備沒有受損吧？」博士問。

「還好，沒有受損。」

「那就好。」博士安慰道，説着，他喝了一口急救水。

「啊，博士，你們都受傷了？」保羅這才想起什麼，他走到本傑明身邊。

本傑明此時已經靠在一棵樹上，他喝下急救水後好了一些，能説話了，身體也能動了。

「這全都怪我，應該慢慢地摸索前進。」博士自責地説，「我太着急了，採用了衝鋒的方式。這個半人半獸怪不像想像中的那樣頭腦簡單，還在自己周圍拉了一圈絆線，它把箭頭用魔法召回就是設計機關用的，我當時怎麼就沒有想到呢？」

「博士，就算是搜索也不一定能找到絆線。」海倫認真地説，「你看，樹林裏有灌木有草叢，它又是個設置機關的高手，絆線隱藏在這裏，很難發現。」

「説是這樣説。」博士低着頭，緩緩地説，「要是採取另外的方式，比如説飛行突進，唉⋯⋯害你們受傷了⋯⋯」

「博士，沒什麼。」本傑明看到博士一副懊悔的樣子，連忙説，「我還好，沒事⋯⋯」

「剛才那個魔怪⋯⋯」博士聽到本傑明的話，忽然想起什麼，「它當時站在你身邊，完全有機會下手的，可是

它最終還是走了……」

「對呀。」本傑明喘了口氣，「我都絕望了，不過他只瞪了我一眼，然後跑了……」

「博士，你們説什麼呢？」海倫不解地問。

「啊，那個魔怪剛才看到倒地的本傑明，它舉手想傷害本傑明，不過最終收手走掉了。」

「噢！有這樣的事？」海倫眨眨眼睛，「那説明它……還不算壞……或者是來不及下手……」

「我當時距離他們很遠，也追不上它，它應該有機會的。」博士若有所思地説。

「不管怎麼説，等抓住它就全都明白了。」保羅用樹枝梳理着自己的毛，「博士，我們能抓住它的，是吧！」

「嗯，一定能的。」博士的語氣非常堅定，「它絕對受了重傷，跑不遠的。」

「那個箭頭……還在有效期內，還能找到魔怪！」海倫忽然想起什麼，她連忙掏出被綑妖繩綑住的箭頭，可是那個箭頭已經不再起飛了，海倫頓時呆住了。

「這説明它跑出了十公里或者更遠的召喚範圍。」博士對海倫解釋説。

「我們把所有箭頭都收集起來。」保羅忽然靈機一動，「等我們走了，它一定還會回到這個丘陵地帶的，等

到它召喚箭頭，我們就跟着箭頭找它，這次不等它設置機關，直接抓住它。」

「我也想過了。」海倫説，「可是萬一它吸取教訓，不再召喚箭頭怎麼辦？」

「那……那……」保羅抓抓腦袋，「它沒那麼聰明吧？書上説半人半獸怪頭腦簡單。」

「哪裏頭腦簡單，它到處設立機關，狡猾得很呢。」海倫沒好氣地説。

「不管怎樣，這些箭頭要收集起來。」博士説道，他看看保羅，「保羅，開啟你的金屬探測功能，把這些箭頭收集起來。」

保羅連忙開啟金屬探測儀器，開始對周圍的地面掃描，他探測到箭頭後就跑過去，很快他就找到了所有的箭頭。

保羅找尋箭頭的時候，博士查看了本傑明的傷勢，本傑明的精神好了很多，他需要的是進一步的休養。

查看完本傑明的傷勢，博士又一瘸一拐地來到剛才魔怪藏身的大樹下，這裏沒什麼特別的地方，不過魔怪用樹枝搭蓋了一個「帳篷」，勉強能夠遮風。博士找尋了一番，除了一些吃剩下的果皮，沒有什麼有價值的東西，那些果皮多是一些漿果，應該是在樹林裏採摘的。

　　保羅把找到的箭頭全都交給了博士，博士用一個口袋將這些箭頭和海倫那個一起放起來，用綑妖繩把袋口綁好，另一頭綑在自己的腰間。

　　「我們攙着本傑明先回去。」博士對大家説，他看看海倫，「海倫，你能走路吧？」

　　「我好多了。」海倫説道，「我的傷口不深，中箭後馬上拔了箭頭，喝了急救水。」

　　博士和海倫架起本傑明，慢慢地往回走去。博士走路一直一瘸一拐的，他的腿部箭傷比較深。

　　走了一會，他們來到汽車停放的地方，博士駕車回到了鎮上的旅館。本傑明被攙扶到自己的房間休息。博士來到自己的房間，一進屋他就把那袋箭頭掏出來，把綑妖繩解下，一端綑在牀腳。

　　「保羅，你的任務就是看着這些箭頭，要是它們起飛馬上告訴我。」博士一邊綁綑妖繩，一邊叮囑道。

　　「放心吧，我會好好看着的。」保羅説，「不過這之前你要把我弄乾淨，

你看我這一身……」

「你馬上去沖洗一下。」博士搖搖頭，苦笑起來。

保羅向浴室跑去。博士看看站在身邊的海倫。

「海倫，你也去休息吧，如果這些箭頭起飛，我倆得去追蹤，本傑明是不能去了。」

「好的。」海倫點點頭，「那你的身體……」

「沒事。」博士搖搖手，「休息一會就好了。」

第八章 博士的發現

海倫走後，博士靠在沙發上休息，此時他的傷口在急救水的作用下倒是很快癒合了，但他還是處於深深的懊悔之中，唯一慶幸的是他們都沒有受到致命傷。

保羅帶着一身水氣跑出浴室，他又變回了小白狗，到了房間，他就趴在那袋箭頭前，雙眼直直地盯着袋子，唯恐它突然起飛。

由於大家全都受了傷，都要好好地休息，急救水在人休息的時候才會發揮最大的效力。博士幾人睡着後，保羅認真地執行着自己的任務，他趴在袋子旁邊監視着它。保羅的心情很矛盾，一方面他盼望袋子裏的箭頭再次起飛，這樣就能找到魔怪了，但另一方面，又怕這樣博士和海倫要帶傷投入戰鬥。

如果再包圍那個傢伙，一定要好好把握機會。保羅想，否則乾脆一顆導彈射過去，趁其不備消滅它。想着想着，保羅有些沒精打采的，他倒不會打瞌睡，只是覺得很無聊。快到凌晨的時候，保羅打開自己身體裏的收音機，找到一個音樂台，邊聽音樂邊盯着那袋箭頭。

　　過了一會，忽然，那個袋子微微動了一下，保羅立即站起來，他剛想叫博士，但是袋子很快恢復了平靜，仍舊一動不動地躺在那裏。

　　「咦？怎麼回事？」保羅自言自語道。

　　袋子不動了，保羅已經關閉了收音機，他目不轉睛地盯着袋子，足足盯了一個小時，那個袋子躺在地上，似乎從來就沒有動過。

　　天色大亮後，博士起了牀，他看到保羅還趴在袋子旁，於是走過去。

　　「嗨，博士，你起來了？好些了嗎？」保羅看見博士，連忙問。

　　「好多了，我又喝了一些急救水。」

　　「嗯，我看你的氣色不錯。」保羅說，「啊，袋子沒有動，但昨晚好像是動了一下，不過我想是看花眼了。」

　　「好，你辛苦了。」博士說，「這個傢伙可能想到我們會利用這些箭頭，所以不會再召喚了。你去玩一會吧，白天它應該不敢召喚。」

　　「不去了，我倆去看看海倫和本傑明吧。」保羅連忙站起來。

　　海倫也好了很多，她的傷勢最輕。本傑明醒來後還是感覺身體沒有力氣，博士讓他繼續休息。

之後，博士帶着保羅來到自己的房間。

「靠它已經沒用了。」博士用腳碰碰那個袋子，「要想找到那個傢伙，還要想想其他的辦法。」

「它應該還在這附近吧？」保羅問。

「嗯。」博士點點頭，「它受了傷，昨天又被我們突襲了一下，跑不遠的。」

「它藏身的範圍也不算特別大，我看是不是請魔法師聯合會增派支援？」

「要是請求增援，聯合會需要經過一個程序，他們還要請當地警方確認是魔怪事件，但現在警方還認為尼爾森遇到的是惡作劇呢。」博士説，「我們自己能抓到半人半獸怪，聯合會還有他們自己的事呀。」

「好吧。」保羅點點頭，「那下一步該怎麼辦？」

「換一個角度試試。」博士用深邃的眼神望着窗外。

「換一個角度？」

「我想找找其他線索，比如説尼爾森山山洞裏曾經住過的巫師，他一定和半人半獸怪有某種聯繫，找到他的蹤跡，也許對處理此事有幫助。」

「這倒是一個辦法。」保羅搖晃着腦袋説，「可是怎麼找到這個巫師呢？」

「去查資料。」博士明顯確定了方向，「去郡首府特

博士說：「換一個角度試試。」換什麼角度呢？

魯羅，那裏有魔法師聯合會康沃爾郡分會，我們去他們的資料室，應該能找到有關此地歷代巫師的詳細資料。」

　　「可是你來之前已經查過資料了。」保羅說，「我就是個資料庫呀，倫敦魔法師聯合會的資料我這裏有備分。」

「倫敦的資料主要以記載各地魔怪事件中的大事件為主，當地的記載才更加詳盡。」博士解釋道，「來之前我確實查到這裏兩百年前曾出現過一個半人半獸怪，但只有這一點記載，更沒説它曾和一個巫師在一起，所以我想查查本地資料。」

「我明白了，那我們快去吧。」保羅迫不及待地站了起來。

「我自己去就可以了。」博士連忙説，「老伙計，你還要看着這袋箭頭，不過這不是最主要的，主要是你要照看本傑明和海倫，叫他們好好休息，尤其是海倫，不要好些了就下牀亂走。」

「我知道了。」保羅説，「你可以去嗎？你的身體？」

「我是去查找資料，又不是去和魔怪作戰。」博士笑笑，「你放心吧。」

博士出了旅館，獨自駕車前往康沃爾郡的首府特魯羅，那裏的魔法師聯合會他多年前去過一次，還有印象。他現在行動差不多恢復正常了，只是傷口稍稍有些痛。

很快，博士就來到了魔法師聯合會的康沃爾分會，他進了聯合會，詢問了資料室的地址後找到了資料室，那裏值班的是一名上了年紀的魔法師，她認出了博士，不過博

士還是出示了自己的魔法師證件，説明了來意，值班魔法師連忙請博士隨意查找，並端上來一杯熱騰騰的咖啡。

博士開始翻看搜索索引，他要查找的是有關當地歷代巫師的紀錄，特別是有馴養半人半獸怪的巫師，康沃爾郡不算大，歷史上的魔怪事件和巫師紀錄相對於倫敦這樣的大地方要少很多，這讓博士的查找非常順利。

保羅在博士走後一直呆在房間裏，他先是追着自己的尾巴跑了幾圈，發現這個遊戲老掉牙也太無聊，於是打開電視，看起了卡通片。

「博士，博士。」海倫説着推門走了進來，「咦？保羅，博士呢？」

「出去查資料了。」保羅隨口説，「海倫，博士叫你不要剛好一點就亂走，馬上回去休息，不要妨礙我看電視。」

「哈，保羅，你現在管得可真多呀。」海倫叫了起來。

「當然，你受傷了，現在我才是管家婆，啊，不，是管家公……」

「誰是管家公啊？」博士説着走了進來。

「博士，你回來了。」保羅連忙迎上去。

「海倫，還不回去休息？」博士看到海倫，連忙説。

94

「我已經好了。」海倫揮揮拳頭，「真的，我的傷口完全癒合了，和以前一樣。」

「那很好，不過也要注意休息……」

「我知道。」海倫打斷了博士，「博士，看你笑瞇瞇的，一定是有了什麼收穫，快說啊。」

「收穫確實有。」博士又笑了，「那你們就坐好，聽我把收穫告訴你們。」

海倫和保羅連忙坐到沙發上，一動不動地看着博士。博士把康沃爾郡的地圖拿出來攤在桌子上看了看。

「當地的記載果然很詳細。」博士轉頭看看海倫和保羅，「我找到了半人半獸怪的主人，他叫西格。」

「西格？」海倫好奇地眨眨眼。

「對。」博士點點頭，「兩百多年前的一個巫師，就是特魯羅當地人。怎麼說呢，這個人從小就沾染了一些惡習，周圍的人都不喜歡他，家人也討厭他。這人十八歲就開始練習巫術，練了一年就成了一名巫師，隨後更是四處作惡；他成了巫師後住進了特魯羅郊外一處廢棄的古堡，有時候也回家，不過在他二十歲的時候突然消失了，沒在古堡也沒有回家。據一個特魯羅當地人說，西格消失後的第二年，曾看到他在樹林裏和一個怪物在一起，地點就在尼爾森山附近。」

「怪物？」保羅和海倫對視一下，「是半人半獸怪嗎？」

「目擊者距離遠，聲稱看得不清楚，只是感覺那怪物的頭和人的不一樣，似乎有角，體毛是褐色的，他看到後嚇得馬上跑了。」博士說，「這樣的描述和尼爾森山的半人半獸怪應該是同樣的，從概率上說，半人半獸怪本來就罕見，體毛是褐色的更少，因為我看過資料，半人半獸怪大多數體毛是灰色的。」

「完全就是同一個。」海倫用力地點着頭，「我敢確定。」

「是同一個的概率在90%以上。」保羅搖頭晃腦地說，「這是我最新統計的結果。」

「博士，那個西格後來怎麼樣了？」海倫急着問。

「離家多年不見音訊，後來有一天突然出現。」博士繼續說，「和家裏人沒說幾句話，像是發現了什麼，忽然轉身就跑，跑出家沒幾步就和一個追來的巫師打了起來，打之前那個巫師說過『終於找到你了』的話，還質問他『東西在什麼地方』，沒說幾句兩人就開打，西格明顯不是對手，一會就被殺死了，那個巫師也跑了。」

「啊？就這麼死了？」海倫瞪大了眼睛。

「是的。事後他家裏人把他葬在家族的墓地裏，那墓

96

地還在，就在特魯羅南邊。」博士說，「接下來的紀錄我在倫敦也查到過，不過不詳盡。西格死了以後，好幾個特魯羅的當地人都在尼爾森山附近看到過一個半人半獸怪，牛頭，個子很大，體毛褐色，看上去在找尋什麼。我推測它在找西格……由於西格和半人半獸怪在一起只有一個人目擊過，而且是遠距離，目擊者自己也聲稱沒有看清，所以倫敦的資料沒有收錄，而獨自在樹林裏的半人半獸怪被好幾個人看到，有兩次距離還很近，所以被倫敦的資料庫收錄了。從目擊西格和魔怪在一起到目擊魔怪單獨在樹林裏，兩宗事件的報告相隔時間有四年。」

「那……就這些嗎？」保羅似乎還在等博士說下去。

「對，就這麼多。」博士淺淺地一笑。

「還是抓不到半人半獸怪呀，西格早就死了，對我們也沒有什麼幫助……」保羅洩氣地說。

「不能這麼說呀，老伙計。」博士繼續笑着，「有些資料不會直接幫助我們，但仍然是有用的，甚至說極為有用，做了這麼多年偵探工作，你還是那麼急性子呀。」

「博士，這些資料說明你的推斷完全正確，那個山洞裏住過一個巫師，我想這個巫師一定就是西格，他從古堡消失後躲進了山洞。」海倫想了想，說道。

「對，應該就是他。」博士點點頭，「我們現在可

以疏理一下，那就是二百多年前特魯羅有一個叫西格的巫師，他曾經馴養了半人半獸怪，不過這應該是他從古堡消失後的事情，因為此前他在古堡的時候，沒有誰看到他馴養過半人半獸怪。至於他躲起來的原因還不明確，看情況似乎是受到了追殺，不過他最終還是被追到了。西格躲起來的地點應該就是尼爾森山的山洞，他和半人半獸怪住在一起，他死了以後半人半獸怪多次出現，應該是在尋找主人，它當然找不到西格，後來也就不再找了，它一直住在山洞裏，直到被尼爾森和喬治發現。」

　　「那……從你說的這些裏面能不能找到半人半獸怪的下落？」保羅等到博士說完，眨眨眼睛。

　　「你可真心急呀。」博士輕輕地搖搖頭，「從這些推斷中我們可以得到兩條結論：第一，它似乎不會輕易離開這個地區，西格是突然被打死的，半人半獸怪不可能知道，更不可能有誰通知它，所以西格死後它四處尋找。這種魔怪是極其忠於主人的，它一定幻想着西格某天會回來，所以一直躲在那個山洞裏。這樣倒好了，我也擔心它要是養好傷會遠走高飛，現在看來它不會離開這一地區的。」

　　「那第二呢？」保羅急着問。

　　「第二，從時間上看，它跟隨西格的時間不長，也就

幾年的時間，而且西格遭到追殺，經常外出作惡的可能性不大，這就造成半人半獸怪和它那些跟隨巫師的同類不一樣，那就是它的惡性不算大，這也就能解釋為什麼它能殺害本傑明時卻住手了。」

「還惡性不大呢。」保羅沒好氣地說，「又是放箭又是砸石頭，還用火燒……」

「呵呵，這是一種正常反應。」博士笑了，「它終究是魔怪，而且你知道，魔怪隨便一出手都是狠招。」

「嗯，那倒是。」海倫若有所思地點着頭。

「它不離開這裏，我們就可以不那麼着急了。」博士似乎輕鬆了不少，「很多時候過於着急反倒使人方寸大亂，無論做什麼事都一樣。」

「啊——」突然，一個驚叫聲從本傑明的房間裏傳來，大家都一愣，隨即都跑出門外。

博士猛推開本傑明的房門，保羅第一個衝了進去，他瞪着眼睛，尋找着襲擊者。但是屋子裏什麼都沒有，只見本傑明躺在床上，他睜着眼睛，大口喘着氣。

「本傑明，怎麼了？」博士衝進去問。

「沒事，沒事……」本傑明努力使自己恢復常態，「剛才做了一個噩夢，夢見半人半獸怪對我舉起了斧，它想要殺了我……」

「哎，還好是場夢。」保羅算是鬆了口氣。

「本傑明，你不要想那麼多。」海倫安慰道，「一切都有博士，剛才他還去查了很多有價值的資料呢。」

說着，海倫把博士查到的資訊簡單地告訴了本傑明。博士幫本傑明把他頭上的汗擦掉，並蓋好被子。

「可惜我幫不上忙。」本傑明咬咬嘴唇，「博士，我在你們找到那傢伙前能好起來嗎？」

「放心吧，你這種情況再休息幾天就好了。」博士平

靜地説，「現在你不要多想，只要好好休息……」

「我知道了。」本傑明信任地望着博士。

「好了，我們有下一步的行動了……」博士説着向大家調皮地眨眨眼。

「什麼行動？」海倫和保羅馬上問。

「休息！這就是我們下一步的行動。」博士笑着説，「養好身體，準備和魔怪決戰！」

「啊，博士，你好像已有對策了。」海倫激動地説，「你知道它在什麼地方？」

「不，我還不知道。」博士輕輕搖着頭，「不過我相信很快就能找到那個傢伙……老伙計，明天我倆去那片丘陵看看。海倫，你也可以去，不過不要激動，去一次不會馬上找到魔怪。現在你們的任務就是休息，老伙計，我看又要給你喝點潤滑油了。」

「好呀，我正覺得行動起來有些渾身發緊呢。」保羅搖晃着尾巴説。

「嗯，那去我的房間。」博士説着看看本傑明，「本傑明，你好好休息，放心吧，最後的決戰怎麼能少了我們的少年英雄本傑明呢。」

博士這樣一説，本傑明又開心又有點不好意思地笑了起來。

第九章　靈狐相助

第二天一早，博士起了牀，保羅看到博士起來，便走到他身邊。

「博士，你給我調整一下視覺系統吧，昨晚我好像看到那個袋子動了一下，不過馬上又不動了，我覺得視覺系統有問題了。」

「嗯？不會吧，你不是有自測功能嗎？」

「自測了，一切正常。」

「那就說明沒問題呀，你的自測系統標準可是很高的。」

「那是怎麼回事？」

「心理作用。老伙計，你可是世界上最精密的機械狗，有非凡的思維，這樣會產生和人類一樣的心理作用。」

「這麼說……看來是心理作用了。」保羅說着開始搖頭晃腦，「我都忘了，我的智商極其高，我真是太佩服自己了……」

海倫這天起得很早，她已經在旅館後的草坪上恢復鍛煉了一番，她覺得自己已經完全恢復了。博士和海倫吃過

早餐，去看了本傑明，本傑明恢復得也非常好，他想和博士一起去丘陵那邊。博士考慮一下答應了。

博士開車，帶着小助手們向尼爾森山那邊駛去，他們來到以前停車的地方，把車停好後走了下來。

前方是連綿起伏的丘陵，尼爾森山就在其中，風有些大，丘陵地帶上的草全都貼着地面起伏，遠處的天空有些發灰，這樣的場景不免讓人感到壓抑。

「走，我們往前走走。」博士說着向前走去。

大家連忙跟上博士，博士沒有向尼爾森山方向走去，他看到西面有一處比較高的山丘，於是向那山丘走去，大家來到了山丘上。這座小山丘是這附近最高點了，從這裏望下去，四下的情況一覽無餘。

海倫和本傑明不是很清楚博士來這裏的目的，當然，博士不會平白無故地來到這裏。他們都沒有多問，只是緊緊地跟在博士身邊。

博士站在小山丘頂部，四下望着，他似乎是在等待什麼。忽然，博士手指着前方，有些興奮。

「老伙計，看那邊，是不是狐狸？」

「是狐狸，一共有……」保羅望着遠處，他也看到那羣在草叢中穿行的狐狸，「有五隻，是狐狸的一家。」

「這裏有很多狐狸，是吧？」博士把頭轉向海倫和本

傑明，問道。

「是的。」海倫説，「上次我們在這裏隱身前進，有幾隻狐狸把本傑明嚇了一跳。」

「那天回來的路上，我在車上也看到狐狸了。」保羅跟着説。

「很好，那我就再給牠們增加兩隻吧。」博士説着向小山丘下面走去。

「增加兩隻？」海倫先是一愣，隨即明白了什麼，她連忙跟上博士，「博士，你是説請靈狐出來？」

「對。」博士邊走邊點頭，「讓靈狐向這裏的狐狸打探魔怪的下落……」

「啊，博士！」海倫恍然大悟，「我就知道你來這裏一定是有目的……讓靈狐出來，真是一個好主意，魔怪根本不會防備的。」

「喂，你們説什麼呢？」保羅跟在他倆身後，「是讓靈狐去找魔怪嗎……」

博士坐上車，回頭對後排的海倫和保羅笑笑，然後把手指向空中。

「靈狐助戰！」博士唸了一句口訣。

「唰」的一下，後排駕駛座上出現了兩隻可愛的小狐狸，小狐狸看到了本傑明，撲上去又親又舔，本傑明扭着

脖子極力躲避着，兩隻小狐狸可不放過他。

「行了，行了。」本傑明躲都沒有地方躲，「我知道自己智商高，長得也帥，可是你們也太熱情啦……」

海倫坐在一邊，笑着抱起一隻小狐狸，算是替本傑明解圍，小狐狸看到海倫，連忙去親海倫，海倫也有些招架不住了。

「好了，好了。」博士拍拍手，他抱過來一隻狐狸，「召喚你們出來是有任務的，保羅，把半人半獸怪的影像給牠們看看。」

　　保羅答應一聲，連忙從後背升起一塊顯示屏，顯示屏上出現了半人半獸怪的影像，那是博士第一次和半人半獸怪正面交手時保羅錄下來的。

　　「記住這個傢伙的樣子。」博士對兩隻靈狐說，「它就在前面的丘陵地帶隱藏，那裏也生活着很多狐狸，你們去向狐狸打探半人半獸怪的藏身點，找到後向我報告。」

　　兩隻小狐狸認真地看着熒幕，都點了點頭。

　　「噢，還有這個。」博士說着從腳下拿出一個塑膠袋，早上他提着塑膠袋上車的，大家都沒有在意。

　　「是什麼呀？」海倫好奇地問。

　　「兩塊牛肉，新鮮的。」博士說，「昨晚和旅館的廚師長說好，讓他今天採購的時候幫我帶兩塊。這是給那些狐狸的。」

　　「噢，明白了。」海倫驚奇地說，「博士，原來你早已準備好了。」

　　「嗯。」博士笑笑，「老伙計，你銜着這兩塊牛肉，和靈狐一起去，然後你再回來。」

　　「我去？」保羅愣了一下，隨後點點頭，「好，我去。」

　　「你這個樣子可不行。」博士說，「會嚇壞狐狸的，牠們也許認為你是獵狗呢，我來給你變身，變！」

博士一指保羅，保羅「唰」的一下變成了一隻狐狸，兩隻靈狐見到保羅變身，衝上去又是一陣猛親猛舔，弄得保羅滿臉都是口水。

「好啦好啦，我不是真的狐狸，我是臨時演員，臨時的……」

博士和海倫推開車門，兩隻靈狐這才放過保羅，跳下了車。博士下了車，他指着不遠處的草地。

「狐狸就在那邊，你們去找牠們，保羅跟着你們去。」

兩隻靈狐連忙點頭，隨後向前跑去。變成狐狸的保羅銜起裝牛肉的袋子，跟着兩隻靈狐也向前跑去，很快，他們就隱沒在草叢中。

兩隻靈狐跑得很快，保羅都有些跟不上牠們了，想叫牠們慢點但是無法開口，只能加快腳步跟在後面。

跑了幾百米，一隻靈狐停下了腳步。

「嗷——嗷——嗷——」先停下的靈狐叫了起來。

「嗷——嗷——」另外一隻靈狐也停下來，跟着叫起來。

保羅身體裏的聲音識別器立即開始運行，這種儀器能分析動物的語言並將結果傳遞給保羅。通過分辨，保羅知道靈狐是在說「這裏有沒有誰在？」

兩分鐘後，不遠處傳來幾聲低沉的狐狸叫聲，保羅很

快得到反饋，那聲音是一種回答──「我們在，馬上來」。

　　兩隻靈狐不再叫了，牠們向傳來回答的地方張望着，很快，一大一小兩隻褐色的狐狸慢慢地跑了過來。

　　「你們好，找你們有事情。」一隻靈狐向前迎了兩步，説道。這些話都是保羅通過儀器得知的，不過由於分析翻譯的原因，保羅得到的結果要比狐狸的對話慢兩秒。

　　「有什麼事？」體形大一些的褐色狐狸説，「你們好像不是這裏的？」

　　「對，我們剛剛路過這裏。」兩隻靈狐一起説，四隻狐狸走在一起，互相嗅着對方的味道。

　　「有什麼事嗎？」褐色大狐狸問，説着，牠用有些警覺的目光看看保羅。

　　「你們有沒有見到過一個長着牛頭人身的傢伙，它就在這個地區。」

　　「沒有看到。」褐色大狐狸有些冷淡地説。

　　「噢，那麼要是看到這個傢伙請通知我們一聲，我們這幾天就在這裏。」一隻靈狐説道，説着牠看看保羅，「啊，我們有些禮物，請你們收下。」

　　保羅明白了靈狐的意思，他走過去把袋子放在地上。兩隻褐色狐狸立即興奮起來，其實牠們早就聞到味道了，牠倆很快就扒開袋子，看見牛肉毫不客氣地大吃起來。

「慢點吃，慢點吃。」靈狐在一邊說道，「你們可以讓這裏的狐狸幫忙，無論是誰看到那個傢伙，都可以馬上告訴我們……」

「放、放心吧。」褐色大狐狸顯得非常熱情，「這裏是我們的地盤，找這樣一個怪物不難，我叫我的朋友幫忙，噢，你們找它幹什麼？它搶了你們的食物？」

「啊，不是。」靈狐笑笑，「我們也是受人之託……總之你們要快點幫我們找到它。」

「好的，沒問題。」大狐狸連忙說。

「哈哈，謝謝了。」小狐狸吃得心滿意足，牠看看保羅，「喂，你怎麼一直不說話，你好像有人類的味道？」

「啊……啊……」保羅反應過來，聲音識別器開始向他傳遞回答的語言，不過畢竟是機器，他回答得很生硬，「我……我……我沒有呀……」

「他的嗓子今天不大好。」靈狐馬上幫保羅解圍，「他住在人類居住區附近，所以難免沾上一些氣味。」

「對……對……對……」保羅連忙說，「是……這樣……」

「噢，那你可要小心，人類會放狗來咬你，那些小笨狗就會欺負我們。」小狐狸提醒道。

「啊？為……什麼說我笨……」保羅很不高興，忽

然，他反應過來，「啊，我、我是説……」

「嗨，跟這個一身人味的傢伙囉嗦什麼？」大狐狸碰碰小狐狸，「我們走吧，還要找長着牛身人面的傢伙呢。」

「是牛面人身！」靈狐連忙糾正道。

「知道了。」大狐狸點點頭，「反正是個大怪物。」

大吃了一頓的兩隻狐狸跳躍着走了。牠們的身影很快就隱沒在草叢裏。兩隻靈狐看到牠們消失之後，一起看看保羅。

「好了，你們在這裏等着吧。」保羅説着轉過身，向博士那邊跑去。

保羅很快就回到了汽車那裏，他鑽進汽車，剛進去就恢復了原貌。

「怎麼樣？靈狐找到同類了嗎？」海倫連忙問。

「找到了。」保羅説，「一大一小，兩隻，牠倆答應幫忙尋找半人半獸怪，還説可以讓其他狐狸一起找。我看這一定是博士的牛肉發揮了作用。」

「讓牠們吃飽一些，好更快地幫我們找到半人半獸怪。」博士笑着説。

「我們怎麼辦？在這裏等？」保羅問。

「我們回去。」博士發動了汽車，「這片區域説小也不小，那個傢伙隱藏起來，不會馬上被找到的。」

第十章　保羅投彈

博士把車開了回去。回到旅館大家都很興奮，本傑明才剛恢復體力，經過這麼一天的奔波，感覺很疲累。

博士叮囑本傑明好好休息，不要大意。然後帶着保羅回到自己的房間，保羅一進去就跳到沙發上，把頭探到窗邊，向外面張望着。

「老伙計，你看什麼呢？」博士問。

「靈狐，我看靈狐有沒有來，也許牠們已經找到魔怪了。」

「老伙計，你真是一個急性子，我可沒有給你設計『急』這個程式呀。」博士拍拍保羅的腦袋，「不會那麼快找到的，尤其是白天，魔怪一定隱藏着，不會輕易出來活動。」

「噢，這樣。」保羅說着跳下沙發，「那我就放心了……啊，博士——」

保羅突然大叫起來，博士立即向保羅望着的方向看過去。

「那個袋子。」保羅指着綑在牀腳、放着箭頭的袋

子，「好像又動了一下！我剛才正好看到。」

聽到這話，博士連忙走過去。他彎下腰蹲在牀腳，仔細地看着那個袋子，只見那個袋子一動不動地躺在地上。

看了足有一分鐘，博士慢慢地把那個袋子拿起來，仔細地看看，隨後解開袋口，小心地把手伸進去，他摸出來一支箭頭，看了看，又放了回去。

「我看見袋子動了一下，不過幅度不大。」保羅連忙說，「真的，我看見了。」

「嗯，我知道。」博士把袋口紮好，「老伙計，我看你是緊張過度，你看，我在丘陵那邊時已說了，魔怪不會被那麼快找到，但你一回來還是馬上趴到窗邊看。」

「這……也許吧……」保羅低着頭，「可能確實緊張過度了……」

「你也要休息一下，機器長期運轉也會產生疲勞。」

「那好吧，我也休息一下。」保羅說着趴在地上，喃喃地說，「我真的看見袋子動了一下呀。」

這一天就這樣過去了。晚上的時候，保羅乾脆趴在那個袋子上休息，這樣袋子再動他馬上就知道了，不過袋子沒有動，保羅覺得自己真的是緊張過度了。

第二天一早，博士和海倫去看本傑明，他的精神看上去已經和平常一樣，和大家說說笑笑的，博士放心了。

　　靈狐還沒有發來任何資訊，不過博士很有信心，他說靈狐一定能完成任務。

　　時間過得很快。

　　這天，早上醒來，海倫看看錶，都九點多了，她連忙起來洗漱，然後去旅館的餐廳吃早餐，到了那以後，海倫看到本傑明和博士坐在一起。

　　「本傑明，你現在參加戰鬥沒問題吧？」海倫連忙走過去問。

　　「沒問題。」本傑明說，「可是博士說我只恢復了90%，我卻覺得已完全好了。」

　　「你的傷口痊瘉了，但是體能沒有完全恢復。」博士說着站了起來，「你們慢慢吃，我吃完了，先回房間。」

　　博士回到了房間，保羅看到博士回來，連忙迎上去。

　　「博士，你看我的尾巴，前幾天你給我補的毛又開始掉了。」

　　「噢，老伙計，你就將就點吧。」博士苦笑起來，「這不是在倫敦，我找不到原料……真奇怪，我沒有給你設計愛美的程式呀……」

　　「我不是愛美，我這是基本要求……」

　　保羅正說着，忽然，牆壁中有東西穿了進來，他們仔細一看，原來是一隻靈狐。那靈狐一進來就飛竄到博士的

肩膀上，手爪指着窗外，嘴裏發出「吱吱」的聲響。

　　「博士，牠說找到半人半獸怪的下落了。」保羅連忙翻譯，「另外一隻正監視着那個傢伙。」

　　「好。」博士點點頭，「你馬上去餐廳把海倫和本傑明叫來。」

　　保羅答應一聲，連忙跑出去。沒一會，海倫和本傑明就跑了進來，海倫邊跑邊把一個麵包塞進嘴裏。

　　「博士，找到魔怪了？」本傑明一進門就問。

　　「找到了。」博士說，此時現場的氣氛有些緊張，

「我們現在就跟靈狐一起去……本傑明，你的身體……」

「我完全好了。」本傑明拍拍胸脯，「真的，我現在精力充沛……」

「那好，你跟在我後邊，不要單獨行動。」博士想了想，隨後一揮手，「我們走。」

靈狐飛快地從博士身上跳了下去，然後走出房門向旅館大門跑去，博士他們跟在靈狐後面，出大門的時候正好有兩個進門的房客，這兩人看到幾個人和一隻狗跟着一隻狐狸衝出旅館，都呆住了。

靈狐第一個跑到博士的汽車邊，博士拉開車門牠就跳了進去。車開動後靈狐站在駕駛座的車窗前為博士指路。

汽車一路開到丘陵地帶，大家下了車，靈狐帶着他們向前方跑去，跑了大概三、四公里，保羅第一個發現前方五百米處有魔怪反應。博士判斷了一下，這裏距離尼爾森山不遠，距離上次發現半人半獸怪的地點也不遠。

大家又向前跑了二、三百米，進入到一片不算茂密的樹林中，突然，另外一隻靈狐竄了出來，攔在大家面前。

「吱吱……」靈狐比劃着，手爪指着正前方。

「好的，好的。」博士當然明白牠的意思，他讓靈狐平靜下來，隨後看看幾個小助手，「我們隱身前進，注意不要發出聲響。」

　　大家全都隱身。保羅和海倫已經鎖定了半人半獸怪的方位，它就在前方不到二百米處，博士他們再次前進，這回明顯放緩了速度，兩隻靈狐跟在他們身後。

　　距離魔怪還有一百米了，博士突然站住，同時做出一個停止前進的手勢。海倫和本傑明小心地走到他的身邊。

　　「這傢伙應該在距離自己五十米的周邊設置了絆線，雖然沒有箭頭，但它可以把箭頭換成鋒利的石塊，也有很大殺傷力，我們要小心，要跨過絆線。」博士小聲地説。

　　兩個小助手都點點頭。海倫看看手裏的幽靈雷達，上面的魔怪反應極其強烈，不過那個魔怪始終一動不動，好像在睡覺。

　　大家再次向前，保羅走在最前面，他射出隱形的紅外線，掃描着地面，這樣能及時發現絆線。博士和海倫、本傑明也彎着腰，仔細地看着地面前進。

　　就在距離魔怪五十多米的時候，保羅突然停住了腳步，他沒有説話，只是激動地指着地面。

　　地面上，一條細細的白線隱藏在草叢中，白線距離地面不到二十厘米，不仔細觀察根本看不到。

　　博士做了一個跨越的動作，大家都小心地跨過白線。博士向前方看了看，他沒有發現半人半獸怪，那邊有幾棵大樹，魔怪應該藏在樹後，博士彎下腰，把小助手們叫到

一起。

「三面包圍！保羅，你和靈狐從左側面包抄過去。海倫，你從右側過去。本傑明跟着我。」博士把聲音壓得極低，「你們現在行動，兩分鐘後我會擊掌，到時候一起展開突襲！」

兩翼的包抄立即進行，保羅帶着兩隻靈狐從左側繞了過去，海倫從右側繞過去。他們很快就各就各位，博士看看錶，兩分鐘過去了，他伸出手。

「啪——啪——」兩聲不大的掌聲在林中響起。

聽到掌聲，大家從各自的方向一起衝向魔怪藏身處，海倫邊跑邊看雷達，魔怪還是沒有反應，她非常高興，突襲只有達成突然和隱蔽才能取得最大的效果。

「咔嚓——」海倫只顧着看雷達，距離魔怪還有三十米的時候，不小心踩到一根斷枝。雷達上反映有魔怪的亮點隨即動了一下，它似乎察覺到了什麼。衝上去的海倫發現前面的一棵大樹下搭着一個用樹枝建成的「帳篷」。

「呀——」海倫也不管那麼多了，她助跑幾步，隨後縱身一躍，飛起來七、八米高，由上向下一腳踢向那個「帳篷」。

「嘩」的一聲，「帳篷」當即散架，海倫突然覺得自己的雙腳被誰用力地一捧，隨後把自己推起來，只見半

117

人半獸怪從破散的樹枝中猛地站起來，是它把海倫推出去的。

半人半獸怪剛把海倫推出去，忽然感到側面一股強風襲來，它揮手一擋，感覺自己擋開了一拳，它看不見攻擊者，但能感到攻擊者來襲時的風聲，半人半獸怪雙手一揮，大喊一聲。

「顯身！」

「唰」的一下，在半人半獸怪咒語的作用下，魔幻偵探們全都顯出了真身。半人半獸怪環顧着四周，它被包圍了。

「你束手就擒吧……」博士擺好了攻擊姿勢，厲聲説道。

「啊——」半人半獸怪怪叫一聲，揮拳衝向博士。

博士根本就不躲避，他迎上去一掌，「噹」的一聲，他倆雙拳相擊，全都後退一步。

「嗨——」本傑明從博士身後閃身而出，飛起一腳踢向魔怪。

「本傑明——」博士知道本傑明沒有完全康復，想去攔住本傑明，但是晚了。

半人半獸怪看見本傑明來襲，猛地一躲，本傑明踢了一個空，半人半獸怪跳到本傑明身後，揮拳就打，「啪」

的一聲，本傑明的後背被重重一擊，慘叫一聲趴在地上。

半人半獸怪還想繼續攻擊本傑明，這時海倫騰空而起，一腳踢下來，半人半獸怪連忙躲閃，但肩膀還是被海倫踢中，當即翻倒在地。

半人半獸怪就地一滾站了起來，它明顯感到招架不住了，看到博士又向自己衝過來，它虛晃一拳打過去，看準空隙衝出包圍。

「不要跑——」博士大喊一聲追了上去。

海倫也追過去，本傑明努力地爬起來，他感到頭暈眼花，用力站但是沒法站起來。

博士縱身一躍，跳到了半人半獸怪前面，隨即一拳打上去，半人半獸怪用雙臂一擋，博士的拳頭像是砸在石頭上，就在這時，海倫從背後一腳踢中半人半獸怪，那魔怪大叫一聲，惱羞成怒，它看到身邊有一棵樹，彎腰把樹連根拔起，揮舞着砸向海倫。

「無影鋼鐵牆——」海倫連忙唸了一句口訣，一堵鋼鐵牆出現在她的面前，擋住了魔怪的一擊。

半人半獸怪見攻擊海倫未果，轉身砸向博士，博士也唸句口訣，一堵無影鋼鐵牆出現在他的面前，大樹砸在鋼鐵牆上，樹枝飛濺。

「啊——啊——」半人半獸怪嚎叫着，無奈地揮舞着

樹幹亂砸。

「海倫，」博士見那魔怪發惡，連忙大叫一聲，「用鋼鐵牆擠住它！」

海倫連忙操縱鋼鐵牆衝向魔怪，博士也從另一個方向衝來。那魔怪頓時明白了他們的意圖，慌忙扔了大樹後退幾步，否則要被沉重的鋼鐵牆夾住了。它忽然覺得身後有棵大樹，回頭一看，發現被一棵幾人合抱也抱不過來的大樹攔住了。

半人半獸怪剛想走開，兩堵牆一起推了上來，「咔」的一聲，兩堵牆和大樹形成了一個三角形的夾角，魔怪被牢牢地擠在裏面。

「啊——啊——」半人半獸怪狂叫着，想要推開牆。

博士和海倫一起用力，用雙手頂着鋼鐵牆，牆被推開一點，但是很快再次被閉合，雙方都用盡了力氣。不過最終還是那魔怪力氣大一些，海倫那堵牆慢慢地被推開一條縫隙。保羅連忙趕上去幫海倫，但無濟於事。

「延時氣流彈！」博士見狀急中生智，他唸了一句口訣，一顆氣流彈出現在地面上半米的地方，這枚氣流彈懸停在那裏，博士看了看保羅，「老伙計，扔進去！」

保羅正在幫海倫頂着那堵牆，看到博士的舉動，頓時明白了他的意圖。保羅衝上去用口咬住氣流彈，隨即縱身

一躍，跳起來將近兩米高，他把氣流彈順勢投進了鋼鐵牆和大樹形成的夾角裏面。

「海倫——頂住——」博士看見保羅把氣流彈扔了進去，大喊一聲。

「轟」的一聲，氣流彈在夾角裏爆炸了，巨大的氣浪衝開了鋼鐵牆，博士和海倫摔在地上，鋼鐵牆也歪倒下來。

夾角裏的魔怪衣服全被炸爛了，渾身發黑，它歪歪扭扭地站起來，向前蹣跚地走了兩步。

「嗨——」一把喊聲傳來，本傑明衝了過來，一腳踢在半人半獸怪後背，魔怪當即被踢到，經過連番打擊，它終於爬不起來了。

本傑明飛身一躍，他跳到了魔怪身邊，同時高舉拳頭，那個魔怪絕望地看了本傑明一眼，閉上了眼睛。本傑明舉起的拳頭落了一半，忽然停住了。

本傑明慢慢地站起來。博士和海倫走了過來，博士拍拍本傑明的肩膀，隨後彎下腰去。他的手一揮，唸了句口訣，一根綑妖繩飛出來綑住了半人半獸怪。

半人半獸怪不再抵抗了，它似乎耗盡了氣力，只是躺在地上，大口地喘氣。

「你一直住在那個山洞裏？」博士問。

　　半人半獸怪就像是沒聽見，它閉着眼睛，根本就不理睬博士。

　　「你的主人叫西格吧？」博士也不生氣，「你是他的僕人？」

　　聽到西格這個名字，半人半獸怪突然睜開眼睛，他緊緊地瞪着博士。

　　「你認識我的主人？」半人半獸怪終於開口了，它的聲音非常低沉，「他在哪裏？」

　　「他……早就死了。」博士説。

　　「不可能！他沒有死！」半人半獸怪開始掙脱，它大喊着，嚇了大家一跳，「他説回家看看，會回來的，他要我看好魔丹，我看好了，他還要用那些魔丹呢……」

　　「什麼魔丹？」博士打斷了那魔怪。

　　「啊……」半人半獸怪一愣，「啊，沒有魔丹，我沒有魔丹，你們休想拿到魔丹……」

　　「我們不想拿什麼魔丹。」博士説，「只想知道你為什麼在那個山洞設機關暗算我們。」

　　「哼！你們這些魔法師和巫師都想搶走魔丹。」半人半獸怪聲音小了一些，「魔丹是我主人的，我主人沒死，他會回來的，你騙我……」

　　「收！」博士對着綑妖繩唸了一句口訣，綑妖繩當即

解開並飛到博士手中。

「博士，你……」海倫想阻止博士。

博士看了看海倫，海倫不再說話了。博士拍拍那個魔怪，示意它站起來。魔怪看見自己被鬆開，也有些詫異，它站了起來，傻傻地看着博士。

「你跟我走。」博士說着就向樹林外走去，頭也不回。

「幹什麼？」半人半獸怪先是一愣，隨即跟了上去，「跟你去哪裏？」

「去了你就知道了。」博士頭也不回，「你叫什麼名字？」

「里奇。」

「那快走吧，里奇。」

博士繼續向樹林外走，里奇緊緊跟着，海倫、本傑明和保羅也跟在後面，他們也不知道博士要去哪裏。

海倫和本傑明走在里奇的身邊，感覺怪怪的，里奇也覺得渾身不自在，它不經意地和本傑明對視一下，全都低下了頭。

博士一言不發，帶着大家走到汽車那裏。他把車門打開，讓里奇進去。里奇看看那輛汽車，猶豫了一下，不過還是坐了進去。

126

第十一章　魔怪變小了

大家都上了車，博士駕車向特魯羅駛去。汽車很快就開到特魯羅的南郊，在一大片墓地前，博士停下車。

「我上次去特魯羅的時候看到這一片墓地。」博士回頭對大家說，「我想西格家族墓地應該也在這裏，我去問一問，你們等着我。」

大家都點點頭，里奇聽到博士的話，呆住了，它傻傻地看着博士。

博士下了車，向墓地盡頭的一座小房子走去，那好像是看墓人的房子，博士走進去，過了一分鐘，他又走出來回到汽車裏。

「西格家族墓地就在這裏。」博士駕車又向西開了一百多米，他一邊開車一邊平靜地說，「里奇，你的主人就埋在這裏！」

「啊？」里奇驚叫起來。

博士停下車，大家也都跟他下了車，他們走近了一片墓園，這裏靜悄悄的，一個人都沒有，只有那數不清的墓碑。博士向前走了幾十米，忽然站住，他開始尋找西格的

墓碑，海倫和本傑明發現，這裏埋葬的人都叫西格，顯然是西格家族的墓地。

「這裏，」博士站在一塊墓碑前，他向里奇招招手，「里奇，你過來。」

里奇連忙走過去，博士指了指墓碑，里奇連忙站住，它看了一眼墓碑，隨後向墓碑下望去。

「看看吧，開啟你的透視眼，裏面是你主人的遺骸。」博士在一邊提醒道。

里奇已經這樣做了，它突然跪了下去，雙手捂着臉，淚水順着雙手不停地開始往下淌，隨後，它嚎啕大哭起來，哭了一會，它的聲音小一些了。

「我查過了，他回家後遭到一個巫師的攻擊，當場被打死了。」博士站在一邊，「所以你得不到任何資訊，還以為他活着……」

「是他救了我。」里奇擦着眼淚，「我在樹林裏被一隻熊怪偷襲，我殺了熊怪，自己也受了重傷，快死了，他正好經過，救了我，他是個好人……」

「這……」博士想説什麼，不過沒有説出口，「好了，我們離開這裏吧，如果有人來，看到你的樣子，一定很麻煩。」

里奇慢慢地站起來，然後跟着博士往外走，它一邊走一邊回頭看西格的墓地，眼淚又流了出來。

「二百多年了，我不知道他就埋在這裏，我……」里奇邊走邊説，「謝謝你們，謝謝你們……」

大家一起又上了車，博士把車開到一片樹林旁停了下來，大家都下車了。保羅知道，一切謎底就要揭開了。

「里奇，你剛才説西格救了你，那次就是你們第一次見面了？」博士下車後就問，他指指尼爾森山方向，「是不是在那邊的樹林裏？」

「是的。」里奇點點頭。

「你怎麼在那裏呢？」

「我從德文郡來後就住在那裏的，我以前在德文

郡。」

　「如果我沒有猜錯，西格躲進這個丘陵地帶裏是因為被追殺，在這裏正好遇到你。」博士說，「他是不是拿了人家東西或是有什麼東西沒給人家？」

　「這⋯⋯是這樣的。」 里奇說着停頓了一下，似乎在猶豫，不過它終於開口了，「反正我的主人也死了，我也可以說了，他拿了一個巫師的魔丹，從此以後不僅是那個巫師，連魔法師也來追殺他，他們都想得到那瓶魔丹⋯⋯」

　「魔丹？」海倫插話說，「是不是就是那種巫師用的急救魔藥？」

　「就是這種東西，類似急救水。」博士解釋道，「巫師煉製的魔丹裏有人血成分，而且極難煉製，練成後的魔丹能救治瀕臨死亡的巫師或魔怪，所有的巫師都想擁有這樣的魔丹。但只有極少巫師才有，西格拿了人家的魔丹，自然被失主追殺，現在看來殺死西格的人就是那個失主。失主丟了魔丹一定惱羞成怒，其實他一定在西格家及他住的城堡附近布置了線眼，西格躲了幾年以為沒事了，剛回家就被發現。」

　「那魔法師為什麼要追殺西格呢？」本傑明不解地問。

「魔法師的目的其實不在西格，他們是為了那些魔丹。」博士解釋道，「魔法師的義務就是銷毀那些含人血成分的魔丹，就像是警察緝毒。」

「噢，我明白了。」本傑明點點頭。

「我受了傷，就是吃了魔丹好的。」里奇看了看博士。

「嗯。」博士話題一轉，「你們住的那個山洞，是你發現的還是西格發現的？」

「我先住在裏面的。」里奇回答，「西格救了我後，我就把他帶到那個山洞裏住了。」

「他住外面那個洞，你住最裏面的那個？」博士接過話。

「對。」

「西格一直沒回來，你就一直住在那個洞裏等他？」

「是的。我還外出去找過他，不過我不敢接近人類居住區，那邊有魔法師。後來找不到，我就回到洞裏等他，沒想到……」説着，里奇低下了頭，它又想起了死去的主人。

「你為什麼暗算我們？」博士停頓了一下，然後問道，「你怎麼知道我們來的？」

「碰巧看到的。」里奇抬起頭，看着博士，「一開始

山洞裏進來兩個人，正好和我撞見，我知道他們是普通人，也不想傷害他們，就噴了點小火，把他們嚇走了，結果他們把警察找來了，這我倒是不擔心，警員不會魔法，不會發現我在那裏。又過了幾天，我在洞外活動，剛好看到你們來了，我識別出你們是魔法師，就想你們可能是來追尋魔丹的，而主人走的時候讓我看好魔丹，也要保護好自己，他說無論是魔法師還是巫師找到這裏都是來殺我們的，所以一定要把闖入者在洞裏消滅……機關是主人和我早就布置好的，那些箭、石頭還有火焰都是。你們進來時我早躲出去了，臨走前還把絆線架設好，平時裏面是不架設絆線的，但要知道魔法師或巫師進洞，一定要架設……」

「你看到我們就離開山洞，是不是怕被我們發現？」博士打斷了里奇。

「是的。主人說有些魔法師會感知到魔怪的存在，這樣就會有所防備。」里奇說，「我走之前還把吃飯的碗帶走了，怕被你們知道裏面有人住，你們進來前我已經躲到另一座山頭上了。」

「我就奇怪怎麼沒有強烈的魔怪反應呢。」保羅恍然大悟地說。

「可你後來還是衝殺過來。」博士又問。

「我聽到山洞裏的響動，知道你們觸動了絆線。我就回來看看情況，沒想到你們都出了山洞。主人說絕對不能讓人發現山洞裏的秘密，我就想殺了你們，可是我打不過你們，還受了重傷……」

「主人說主人說，你還真是聽主人的話。」海倫沒好氣地說，「他可是個巫師呀。」

「他救了我，對我很好。」里奇小聲地說。

「你被打傷後就藏了起來，還在藏身處設立了機關。」博士延續剛才的話題，「你倒是很聰明呀，在哪裏都設立機關。」

「都是主人教給我的，他說巫師和魔法師都想拿到魔丹，還要殺我們，藏身的地方必須設立機關，以防被偷襲……」

「我知道了。」博士擺擺手，「說了半天魔丹，魔丹在哪裏？」

「這……」里奇一愣，不過它很快就伸出了手，手指一揮，「魔丹，來！」

里奇唸完口訣，手就伸着沒有放下，過了大概兩分鐘，從樹林裏「嗖」地飛過來一個咖啡色的小罐子，小罐子穩穩地落在里奇手裏。

「這裏就是魔丹，我把它藏在一個樹洞裏。我受傷

後也吃了魔丹，傷口癒合很快，就是要慢慢休養才能復原。」

「你剛才唸的是召喚術。」博士似乎很好奇，「山洞裏的箭頭也是你召喚走的吧？」

「是的，我能召喚十公里範圍內任何東西，只要是我事先施了魔咒的。」里奇有些得意地說，「不過你們在樹林裏觸動絆線後箭頭射了出去，我連續召喚了幾次都沒有成功，也不知道為什麼，大概是距離超過十公里了，可我是在不到十公里的地方召喚的呀。」

「哈哈，老伙計，看來是我錯了。」博士猛地醒悟過來，「你看到袋子動，確實是箭頭被召喚，但我們把箭頭帶到了旅館，超過了十公里的範圍，所以袋子只是輕微地動了一下。而里奇不知道我們把箭頭帶走了。」

「就是，我說我的眼睛沒問題吧。」保羅興奮起來，他盯着里奇，「你就不怕我們把箭頭收起來，然後箭頭被召喚後帶着我們找到你？」

「啊？」里奇驚叫一聲，「這⋯⋯這我倒是沒有想到⋯⋯」

「哈哈，書上說得沒錯，果然是頭腦⋯⋯」保羅脫口而出。

「老伙計。」博士看了保羅一眼，保羅馬上不說

話了。

博士拿過那個小罐子，把封在口上的布解下來，隨即把罐子裏的魔丹倒在地上，那些魔丹都是紅色的，有黃豆那麼大。

「你這是⋯⋯」里奇有些緊張地看着博士。

「這是絕對的違禁品。」博士説着對着那堆魔丹一揮手，「火！」

一股在空中突然出現的火焰直撲那些魔丹，轉眼間魔丹就被火焰包圍，隨即被燒成一股黑色的煙霧，在空中慢慢散開。

「這是我主人的！」里奇先是憤怒地站了起來，隨後它拍拍腦袋，「他已經死了，他不需要這些東西了。」

「你也不需要了。」博士突然盯着里奇。

里奇渾身一抖，它驚恐地望着博士。本傑明走到博士身邊，拉了拉博士，博士擺擺手。

「里奇，西格應該和你説過魔怪被魔法師擒獲的下場。」博士問。

「説過，説過。」里奇低下了頭，「隨便你們處置吧，反正主人也死了，我⋯⋯」

「你還要在這個世界上活下去。」博士認真地説。

「啊，博士，你不想毀滅他嗎？」本傑明興奮地問。

「你……你要怎麼樣？」里奇疑惑地抬起頭，直直地望着博士。

「你的惡性不大。在山洞裏設立機關等舉動也是受到西格的指使，只要擺脫他的控制，你不算是個作惡的魔怪。」博士嚴肅地說，「實際上他已經死了，也無法控制你了，所以我不會毀滅你的。」

「啊，謝謝，謝謝。」里奇連忙說。

「不要謝得太早。」博士搖搖手，「事實上你這個樣子還是會對人類構成威脅，而且一旦再遇到一個巫師，那麼就有繼續從惡的可能，所以我會把你變小，變得和螞蟻一樣大，你就生活在這裏，沒人會發現你，你也不會對人類造成任何威脅，你的魔力還在，所以說對付一些可能對你產生威脅的昆蟲，如螳螂之類，還是綽綽有餘的。」

「啊？」里奇聽完博士的話，張大着嘴，一時不知如何是好。

「這個主意很好呀。」本傑明連忙拉拉里奇，「到時候你就無憂無慮地生活在這裏，沒有比這個主意更好的了。」

「嗯，那麼……好吧。」里奇終於點了點頭，看上去它還是有些不甘心。

「小！」博士突然一指里奇，「小小小……」

　　里奇「唰」地一下就不見了，海倫和本傑明連忙趴在地上，他們看到了變得和螞蟻一樣大小的里奇。

　　「走吧，走吧。」博士對着地面揮揮手，「到樹林裏去吧。」

尾聲

一個月後，倫敦的魔幻偵探所。海倫站在門口，她身後的窗戶開着，保羅和本傑明趴在窗戶上，笑嘻嘻地看着門外的海倫。

「喂——海倫——那兩個屁股着火的傢伙還沒有來嗎？」保羅大聲地問。

「保羅，你説什麼？」本傑明嬉笑着，「那可是海倫的叔叔……」

「哼。」海倫回頭瞪了他們兩個一眼，「兩個厚臉皮的傢伙，自己的屁股也着火了，還好意思説人家。」

正在這時，一輛汽車開了過來，海倫連忙迎了上去，車上下來兩個人，正是尼爾森和喬治，他倆還各提一個大提包。

海倫和他倆有説有笑地走進偵探所，博士也從實驗室裏出來迎接。

「博士，真是太謝謝你了。」尼爾森説着把提包放在地上，「我們也沒什麼錢……」

「不要錢，完全免費，抓魔怪是我的職責。」博士連

忙說。

「可是你冒了那麼大風險。」尼爾森和喬治說着把一些礦石從提包裏掏出來，擺在地上，「海倫說你做試驗經常要用到各種礦石，我們常在野外勘測，別的沒有，礦石倒是能找到，就給你拿了這些來，這些東西也不值錢，都是我們順手挖到的……」

「你們可真是太客氣了。」博士笑着蹲下，他翻動着那些礦石，很開心，「啊，這麼多呀，魚眼石，啊，矽孔雀石，真是太謝謝了！這種矽孔雀石真是有錢也不一定能買到呢……」

「本傑明，這是什麼？」博士他們說話的時候，保羅看到喬治從口袋裏掏出一個塑膠杯子，裏面放着一塊灰白的石頭，於是把蓋口打開，掏出那塊石頭，「怎麼還泡在水裏呀？」

「這種石頭好像是……」本傑明一時也想不起來。

保羅用手爪去蹭那塊石頭，想把上面的水擦掉。博士和尼爾森突然看見了保羅的舉動，一起叫了起來。

一切都晚了，只見那塊石頭上突然竄出一股火焰，保羅的手爪頓時被燒着了，本傑明嚇得一下坐在地上。

海倫很機靈，她拿起一個杯子飛快地倒在保羅的手爪上，澆滅了火焰。

　　「保羅，這是磷礦石，含有豐富的白磷。」尼爾森走過去，把石頭小心地放進水裏，「白磷的燃點很低，你這樣摩擦當然要着火了。」

　　「噢，我不知道呀。」保羅哭喪着臉看着自己的手爪，「博士，你看，又要給我換毛了。」

　　「這就是總說人家着火的下場。」海倫在一邊立刻揶揄。

　　「我……我……」保羅很不好意思地低下了頭。

　　看着保羅那個樣子，博士無奈地搖着頭，笑了起來。

麥克警長，蘇格蘭場（倫敦警察廳）高級督察，南森和警方的聯絡人，也是一名大偵探，屢破奇案。當然，他所偵辦的都是人類世界中的案件。一起來看看他偵辦過的案件，運用你的推理能力，想一想他是如何破案的呢？

高温日

　　毫無疑問，這種極端高溫十分罕見，倫敦午間氣溫達到38度，而這時麥克警長正好外出，他想穿過一個大型的商場，然後到達目的地，這樣起碼在穿過商場的時候會涼快點。商場裏的冷氣很充足的。

　　「站住——站住——」麥克警長剛走進商場，就聽到一個女士的呼喊聲。

　　喊話的女士，邊喊邊向商場外跑去。麥克警長立即就跟了過去。

　　「有個人搶了我的手袋後跑了。」女士追到商廈一側的門口，對門口站着的一名保安員説。

「啊，是剛才那個人嗎？手裏拿着一個女士的手袋。」保安員説着就追了出去，一邊追一邊用對講機叫其他保安員圍堵。

麥克警長也跟了出去，外面是熱浪滾滾，跑幾步就大汗淋漓。不過還好，保安員的同事在商場另外一邊的空地上截住了搶手袋的人，是一個年輕男子。女士一眼就認出了他，而此時這個男子卻一口否認。

「你們幹什麽？」男子居然一臉無辜，「什麽你的手袋，這是我女朋友的手袋。四十分鐘前我們在商廈裏走散了，當時她去試衣服，我拿着她的手袋，我去接個電話後就和她走散了，她手機沒電了，我們事先説好走散就在空地這邊等，我就出來了。現在都半小時了，她還沒出來，熱死我了……」

「這個手袋是我的，裏面有我的錢包，錢包裏有我的證件……」

「打開看看。」身穿警服的麥克警長説。

保安員把手袋打開了，裏面沒有錢包。只有一個化妝袋和一條巧克力。

「啊？」那個女士愣住了，「我的錢包哪裏去了？怎麽只有我剛在商場裏買的巧克力了……」

「這手袋裏根本就沒有錢包！這是我女朋友的手袋。」男子很是得意地説。

「等一下。」麥克警長拿起巧克力，晃了晃，巧克力硬硬的，麥克似乎要吃巧克力一樣。

「這真是我的手袋，警察先生。」女士委屈地說。

「你說謊，錢包在你身上，拿出來吧。」麥克警長對男子說，「真不錯呀，今天是個高溫日……」

錢包果然從男子身上找到了，他剛才在被抓前把錢包藏在了自己身上，還沒來得及扔掉女士的手袋，就被保安員抓住了。

請問，麥克警長是怎樣判斷出男子說謊的？

答案：錢包可以在30度左右的室內開始融化，室外溫度應為38度，男子說有巧克力團，男子說的巧克力即便是貼身藏，巧克力也沒有融化。之所以融化，是因為巧克力在車外的時間長，還沒有融化，所以男子在撒謊的手是黑的，巧克力在車裏是融化了。女士剛從車裏出來時巧克力沒有融化，所以女士沒有撒謊。

魔幻偵探所 16

遭遇半獸怪（修訂版）

作　　者：關景峰

繪　　圖：陳焯嘉

責任編輯：葉楚溶

美術設計：李成宇

出　　版：新雅文化事業有限公司

　　　　　香港英皇道499號北角工業大廈18樓

　　　　　電話：（852）2138 7998

　　　　　傳真：（852）2597 4003

　　　　　網址：http://www.sunya.com.hk

　　　　　電郵：marketing@sunya.com.hk

發　　行：香港聯合書刊物流有限公司

　　　　　香港新界大埔汀麗路36號中華商務印刷大廈3字樓

　　　　　電話：（852）2150 2100

　　　　　傳真：（852）2407 3062

　　　　　電郵：info@suplogistics.com.hk

印　　刷：美雅印刷製本有限公司

　　　　　九龍觀塘榮業街6號海濱工業大廈 4字樓A室

版　　次：二〇一九年十二月初版

版權所有·不准翻印

ISBN：978-962-08-7404-8

© 2013, 2019 Sun Ya Publications（HK）Ltd.

18/F, North Point Industrial Building, 499 King's Road, Hong Kong

Published and printed in Hong Kong